W0405317

TABLE DES MATIÈRES

PRÉAMBULE

Le but de cet ouvrage est de donner aux étudiants de DEUG, voire aux lycéens des classes terminales, ainsi qu'à un public cultivé la possibilité de lire un texte d'ancien français.

Ce petit livre, qui se présente comme une grammaire, n'a pas pour vocation de traiter l'ensemble des questions linguistiques relatives à l'ancienne langue. Il doit être considéré comme une introduction aux ouvrages plus riches et plus documentés de Philippe Ménard et de Gérard Moignet. Pour les exemples, les textes exploités sont en priorité *La Chanson de Roland*, *La Prise d'Orange* et *La Mort Artu*. Beaucoup d'exemples canoniques permettent ainsi d'assurer la transition entre cet ouvrage d'initiation et d'autres outils plus complets ou plus spécialisés. La continuité de l'enseignement de la grammaire du français médiéval exige cette forme de la répétition.

Puisse ce petit livre montrer que l'ancienne langue est un champ fécond pour la recherche linguistique et que les œuvres littéraires, dans leur langue originelle, sont d'une incomparable saveur !

Liste des abréviations

FM : français moderne
Var. : variante
< : est issu de
> : a abouti à

Abréviations des principaux noms d'auteurs et titres d'ouvrages

Les exemples cités dans cet ouvrage sont empruntés aux œuvres suivantes, dont le libellé figure en abrégé :

Aspr. : *La Chanson d'Aspremont,* éd. A. Brandin, CFMA, 1923 (2 vol.).

Bér. : Béroul, *Le Roman de Tristan*, éd. E. Muret, revue par L. M. Defourgues, Champion, 1970.

Brut : Wace, *Le Roman de Brut*, éd. E. Arnold, SATF, 1938-1940 (2 vol.).

Charr. : Chrétien de Troyes, *Le Chevalier de la charrette (Lancelot)*, éd. M. Roques, Paris, 1958.

C. de Béth. : Conon de Béthune, *Chansons*, éd. A. Wallensköld, CFMA, 1921.

CL : Chrétien de Troyes, *Le Couronnement de Louis*, éd. E. Langlois, CFMA, 1925 (2e éd.).

Clari : Robert de Clari, *La Conquête de Constantinople*, éd. Ph. Lauer, Champion, 1974.

Clig. : Chrétien de Troyes, *Cligès*, éd. A. Micha, Champion, 1957.

Coucy : Chastelain de Coucy, *Chansons*, éd. A. Lerond, PUF, 1964.

Dole : Jean Renart, *Le Roman de la Rose ou de Guillaume de Dole*, éd. F. Lecoy, Champion, 1979.

Érec : Chrétien de Troyes, *Érec et Énide*, éd. M. Roques, Champion, 1952.

J&B : Philippe de Rémi, *Jehan et Blonde*, roman du XIIIe siècle, éd. S. Lecuyer, Champion, 1984.

J&B : Philippe de Rémi, *Le Roman de Jehan et Blonde*, trad. S. Lecuyer, Champion, 1987.

Lais : *Les Lais de Marie de France*, éd. J. Rychner, Champion, 1969.

MRA : *La Mort du roi Arthur*, roman du XIIIe siècle, éd. J. Frappier, Droz, 1964.

Nîm. : *Le Charroi de Nîmes*, chanson de geste du XIIe siècle, éd. D. Mc Millan, Klincksieck, 1978.

Perc. : *Le Conte du Graal (Perceval)*, t. I-II, éd. F. Lecoy, Champion, 1975.

Perc. R. : *Le Conte du Graal (Perceval)*, éd. W. Roach, Droz, 1959.

PO : *La Prise d'Orange*, chanson de geste de la fin du XIIe siècle, éd. C. Régnier, Klincksieck, 1972 (4e éd.).

Ren. : *Le Roman de Renart*, Branches I-X, éd. M. Roques, Champion, 1951-1973.

Rol. : *La Chanson de Roland*, éd. G. Moignet, Bordas, 1969 (2e éd.).

St Nic. : Jean Bodel, *Le Jeu de saint Nicolas*, éd. et trad. A. Henry, Presses Universitaires de Bruxelles, 1965 (2e éd.).

Thèbes : *Le Roman de Thèbes*, éd. G. Raynaud de Lage, CFMA, 1966-68 (2vol.).

Tr. : *Tristan et Iseult*, éd. et trad. J.-C. Payen, Garnier, 1974.

Troie : *Le Roman de Troie*, éd. L. Constans et E. Faral, CFMA, 1922.

Tr. Pr. : – *Le Roman de Tristan en prose*, t. I, éd. P. Ménard, Droz, 1987 ; t. III, éd. Gilles Roussineau, Droz, 1991.

Tr. Pr. : – *Le Roman de Tristan en prose*, t. I, trad. M.-L. Chenerie et P. Ménard, Champion, 1970.

Vergy : *La Chastelaine de Vergy*, éd. G. Raynaud et L. Foulet, CFMA, 1921 (3e éd.).

Villh. : Villehardouin, *La Conquête de Constantinople*, éd. E. Faral, Les Belles Lettres, 1961 (2e éd.).

Yv. : Chrétien de Troie, *Le Chevalier au lion (Yvain)*, éd. M. Roques, Champion, 1982 (réimp.).

1

LA PHRASE

L'énoncé – et ce sera pour l'ancienne langue la phrase du texte écrit – se présente à nous comme assertif, interrogatif ou injonctif. L'injonctif (l'ordre) est exprimé par l'impératif, le subjonctif à la troisième personne.

1. L'AFFIRMATION ET LA NÉGATION

L'affirmation n'a pas de marque morphologique spécifique en ancien français. C'est pourquoi nous nous consacrons immédiatement à l'étude de la négation et de son expression. Elle peut surprendre le lecteur.

1.1 La négation prédicative

Définition : mot prédicatif = mot qui peut faire phrase à soi seul
Cette définition incomplète mais opératoire permet de rendre compte de nombreuses difficultés grammaticales.

Exemple : «Qui est là ? *Je.*»

On a obligatoirement *moi* en français moderne, c'est-à-dire la forme prédicative, fonction qui pouvait être remplie par *je* dans l'ancienne langue. En revanche, *je* n'est plus prédicatif en français moderne et a dû céder la place à *moi.*

En ancien français, *non*, négation prédicative, s'oppose à *ne*, négation non prédicative. La négation prédicative intervient de différentes manières dans la formulation de la réponse négative.

La formulation de la réponse négative

• *Non* seul :

> Pincedés : Rasoirs, chi n'atendés vous point ?
> Rasoirs : *Non*, car tu l'as passé d'un point. (*St Nic.*, v. 895.)
> (Rasoir, vous ne vous intéressez pas à ce qui se passe ici ? – Non, car tu as un point de plus que moi.)

• En fait, cet emploi est rare ; *non* est le plus souvent accompagné d'un verbe. Ce verbe reprend l'idée verbale exprimée dans l'interrogation. *Faire* est le plus employé.

> – Ha ! bele, levez vos de ci, [...]
> – *Non ferai* voir. (*Dole*, v. 4748-4750.)
> (Belle, levez-vous de là ! – Certainement pas.)

Faire, verbe *vicariant* par excellence (apte à reprendre tout verbe précédemment exprimé), n'est pas le seul utilisé ainsi. La reprise peut être effectuée à l'aide de *non* + auxiliaire (*avoir* ou *estre*), fonctionnant comme verbe suppléant.

> Tu as veü, si com je croi,
> Les angles dont la gent se plaignent,
> Qui ocïent quanqu'il ataignent.
> – *Non ai*, voir, mere, *non ai*, non ! (*Perc. R.*, 398-401.)
> (Tu as vu à ce que je crois, les anges dont tout le monde se plaint, qui tuent tout ce qu'ils touchent. – Assurément non, mère, non, non !)
> Vous fustes anuit a la brune,
> S'estes ore seur vos gaveles.
> – Non sui, voir [...] (*St Nic.*, 765.)
> (Vous avez été en maraude la nuit passée, et vous voilà maintenant bien carré sur vos gerbes. – Non, assurément [...])

D'autres verbes, en particulier le verbe *vouloir*, peuvent apparaître dans des contextes comparables :

> Dist Chantecler : Renart cousin
> Vos me volez traire a enging.
> – Certes, ce dist Renart, *non voil*. (*Ren.*, III, 4365-4367.)
> (Chantecler dit : Renart, mon cousin, vous voulez m'attirer dans un piège. – Certes non, dit Renart.)

➤ *Remarque* : La réponse affirmative peut être donnée de manière analogue grâce à l'adverbe *si* (*sic* latin) qui est anaphorique (il reprend le contenu de la proposition précédente). On a aussi *si ferai* (*si* exprime la réponse affirmative). Le verbe *faire* est ici aussi en fonction de verbe vicariant.

• *Non* accompagné d'un pronom personnel
Pour formuler la réponse négative, on peut également trouver la négation prédicative accompagnant le pronom personnel :

Vallet, fait il, dont nel ses tu ?
– Je *non*. (*Perc.*, 262-263.)
(Jeune homme, dit-il, ne le sais-tu donc pas ? – Non.)

• *Nennil*
Pour répondre négativement, l'ancien français peut utiliser *nennil*. Le mot est formé de *nen + il*. L'origine de *nen* est peut-être une forme de *ne* (négation non prédicative) produite devant un verbe commençant par une voyelle, principalement les verbes *être* et *avoir*.

Et Dex ! Orenge *nen* ot encore mie. (*P0*, 17.)
(Et mon Dieu ! Il n'avait pas encore Orange en sa possession.)

Quelle que soit l'origine de cet élément, il se combine avec le pronom personnel de la façon suivante :

– *nen + je* qui se transforme en *naie ;*
– *nen + il* qui se transforme en *nennil* (le *nenni* des paysans de Molière).

C'est *nennil* qui se rencontre dans la presque totalité des cas :

Sire, entre moi et Gaheriet irons en la forest ;
vendroiz i vos ? – *Nennil*, fet Lancelos... (*MRA*, 89, 16.)
(Seigneur, Gaheriet et moi, nous irons dans la forêt ; y viendrez-vous ? – Non, fait Lancelot.)

➤ *Remarque* : À ce mécanisme de la réponse négative s'oppose de manière symétrique le mécanisme de la réponse affirmative avec :

– *o + je* qui se transforme en *oie ;*
– *o + il* qui se transforme en *oïl*.

(Cet *o* issu du pronom neutre *hoc* sert à reprendre le contenu de la proposition précédente.)

Fille, le volés vous ainsi ?

– *Oïl*, sire, je vous en pri. (*J&B*, 2369-2370.)
(Ma belle, le voulez-vous ainsi ? – Oui, seigneur, s'il vous plaît.)

Amis, volés vous gaaignier ?
– *Oïl* voir, sire, volentiers. (*J&B*, 2448-2449.)
(Amis, voulez-vous gagner de l'argent ? – Sûr que oui, seigneur, volontiers.)

On remarque, dans cet exemple, la fonction de *voir*, adverbe qui vient renforcer le *oïl* affirmatif. En plus de cette valeur de renforcement, *voir*, très fréquemment employé, peut servir à confirmer une affirmation.

Non en proposition elliptique du verbe

Comme on vient de le voir dans le cas précédent, la disparition du verbe est compensée par l'utilisation de la négation prédicative. C'est le cas, par exemple :

– Dans une alternative :

Voellet o *nun*, remés i est a piet. (*Rol.*, 2168.)
(Qu'il le veuille ou non, il est resté à pied [= le voilà sans monture].)

On le voit, *non* sert aussi à reprendre l'idée verbale : «qu'il le veuille ou ne le veuille pas».

– Dans la formulation d'une exception :

[…] ne doit an feire *se* mal *non* […] (*Yv.*, 3354.)
([…] on ne doit rien faire sinon du mal […])

Il nel pooit veoir *se* moult petit *non*, car trop estroit la nuit oscure.
(*Tr. Pr.*, t. I, 5, 99.)
(Il ne le voyait que très peu, car la nuit était très obscure.)

Avec *se*, la négation prédicative *non* constitue un signe d'exception, encadrant le terme excepté. C'est là l'origine de notre moderne *sinon*. On peut considérer qu'à l'origine, *se* introduisait une proposition hypothétique complète. Reprenons l'exemple emprunté au *Vair Palefroi* (1052-1053) et exploité par Lucien Foulet :

La damoisele ne convoie
nus, *se* Dieus *non*.

Se Dieus non = se Dieus ne la convoie. L'ellipse du verbe a été compensée par l'apparition de la négation prédicative.

> Com li chastelains de Couci qui au cuer n'avoit *s'*amor *non*.
> (Coucy, 292-293.)
> (Comme le châtelain de Coucy qui n'avait dans le cœur sinon de l'amour [= qui n'avait que l'amour dans le cœur].)

Négation de tout élément autre que le verbe

Non est la négation de tout ce qui, dans la proposition, n'est pas le verbe à un mode personnel. Une forme en – *ant*, un infinitif (qui n'est pas régi par un verbe), un participe passé, un adjectif sont normalement précédés de *non*. Avec l'infinitif on a créé les mots *nonsavoir*, *nonchaloir*. *Non* sert à former des adjectifs négatifs comme *nonsavant*, *nonvoians*, ou même des substantifs comme *nonpietez*, *nonpuissance*, etc.

Négation de ce qui n'est pas le prédicat de la phrase

Non est la négation de tout ce qui n'appartient pas au prédicat de la phrase. Il apporte une rectification, une précision (souvent accompagnée de *mie*) :

> Au chief du pont, *non mie* par devers Camaalot [...]. (*Tr. Pr.*, t. I, 6, 130.)
> (À l'extrémité du pont, pas du côté de Camaalot [...].)

Il sert également à nier une proposition subordonnée circonstancielle (comme *non* en français moderne). Il peut être accompagné ou non de l'auxiliaire de la négation.

> [...] un chevalier que je vaurroie ja avoir ataint, et *non mie* pour ce que je li voelle faire mal. (*Tr. Pr.*, t. I, 1, 16.)
> ([...] un chevalier que je souhaiterais avoir déjà rejoint, non point que j'aie de mauvaises intentions à son égard.)

1.2 La négation non prédicative

Ne non prédicatif est la négation du verbe conjugué. Sous cette même forme, on a trois réalisations différentes :

– *ne* dit «*ne* explétif» : orientation vers la négativité ;
– *ne* qui est la pleine négation du verbe conjugué ;
– *ne* qui est accompagné d'un second terme : pour que soit accomplie la négation ou pour que soit précisée une exception.

Ne dit explétif

En ancien français comme en français moderne existe un *ne* qui n'est pas accompagné d'un second terme. Il s'agit de *ne* explétif. Sa suppression n'entraîne pas de modification du sens de la phrase : «Je crains qu'il ne vienne» = «je crains qu'il vienne».

En ancien français, il apparaît après les verbes de crainte :

Je *criem* Dix *ne* le vous reproche. (*J&B*, 1168.)
(Je crains que Dieu ne vous le reproche.)

Pour justifier le *ne*, on avance qu'existe dans l'esprit du locuteur un mouvement double. Ici, on l'explicitera ainsi :

– un énoncé qui affirme : Dieu vous le reprochera ;
– la crainte ou l'inquiétude, le désir que cela ne soit pas.

Comme on le voit, ce *ne* traduit une orientation négative qui n'est pas confirmée et qui reste sous-jacente à un énoncé en fin de compte positif.

Ne explétif existe également dans les systèmes comparatifs d'infériorité ou de supériorité :

Et s'a quatre rubiz desoz,
plus flanboianz et plus vermauz
*que n'*est au matin li solauz. (*Yv.*, 426-428.)
(Avec dessus quatre rubis, plus flamboyants et plus vermeils que ne l'est le soleil au matin.)

Il y a toujours ambiguïté de signe : un sens positif et un sens négatif existent simultanément. *Ne* est la traduction de l'équivalence de deux informations de signe inversé.

Emploi de *ne* seul

• En ancien français, *ne*, pleinement négatif, suffit à exprimer la négation :

Ne l'amerai a trestut mun vivant. (*Rol.*, 323.)
(Je n'aurai pas d'affection pour lui durant toute ma vie.)

L'usage du *ne* sans second mot de négation, habituel en ancien français, reste en vigueur au-delà du Moyen Âge dans les emplois syntaxiques suivants (ce qui ne veut pas dire que le renforcement de négation ne puisse apparaître dans des phrases de ce type) :

• *Ne* seul sert à nier un « auxiliaire de mode » : pouvoir, vouloir, savoir, devoir, oser :

Il *nel sevent*, […]. (*Rol.*, 1436.)
(Ils ne le savent pas.)

La langue moderne connaît encore cet usage : « Je ne sais dire, je n'ose croire, je ne peux envisager la chose… »

Blonde, qui *ne l'ose* desdire... (*J&B*, 3989.)
(Blonde, qui n'ose [pas] le contredire.)

• *Ne* seul sert à nier le verbe d'une proposition hypothétique :

[…] et *se* je *ne* vous puis garir… (*J&B*, 1139.)
([…] et si je ne peux vous guérir.)

• Dans les propositions indépendantes à l'impératif (exprimant le souhait, l'ordre), *ne* apparaît assez souvent seul :

Ne vous doutés de tex ahans. (*J&B*, 3968.)
(Ne redoutez pas ces difficultés.)

• Dans les propositions indépendantes interrogatives, la négation simple est souvent employée.

Ne + renforcement de négation

On emploie également pour *ne* le terme de discordantiel, et celui de forclusif pour les termes qui accompagnent *ne*.

Ne + substantif

• L'accomplissement de la négation peut être effectué à l'aide de substantifs : ce substantif signifie toujours une quantité aussi petite que l'on veut, mais positive. Il permet au mouvement négatif annoncé par *ne* d'être porté à son point d'accomplissement.

> *Ne* regardés *pas* a se folie ne a ses nices paroles [...] (*Tr. Pr.*, I, 1.)
> (Ne tenez pas compte de ses excès ni de ses propos déplacés [...])
>
> Autrement ne puet il *mie* avenir. (*Tr. Pr.*, II, 62.)
> (Il ne peut se faire que les choses soient autrement.)

• *Point* peut être employé comme un pur renforcement de négation ou bien conserver une valeur de substantif indiquant la quantité. Opposons ainsi :

> « [...] et li rois Hoël, ki son fil *ne* reconnoist *point*, refait tout autretel. » (*Tr. Pr.*, VIII, 141.)
> ([...] et le roi Hoël, qui ne reconnaît pas son fils, agit pareillement de son côté.)

à :

> *N'*ai *point* de m'espee. (*Bér.*, 1009.)
> (Je n'ai pas mon épée.)
>
> De contredit n'i avra *point* [...] (*Perc.*, 512.)
> (Il n'y aura pas l'ombre d'une opposition [...])
>
> Or n'i a mais *point* de convoi,
> Dont s'entrebaisent ambedoi. (*J&B*, 1971-1972.)
> (Maintenant plus question de se raccompagner un brin ;
> alors tous deux échangent des baisers.)

Lorsque le texte le permet, on peut tenter de rendre compte de cette nuance.

• On constate cette même possibilité avec *mie*.

– On peut avoir *mie* réalisé comme adverbe de négation :

> Il leur cria : « N'en menrés mie,
> Mauvais traïteur losengier ! »(*J&B*, 4306-4307.)
> (Il leur cria : « Vous ne l'emmènerez pas, misérables traîtres. »)

– De même, on peut rencontrer *mie* avec valeur de substantif :

Li vaslez est avant venuz,
n'il ne set le quel il salut,
que del roi *mie* ne conut [...] (*Perc.*, 910-912.)
(Le jeune homme s'est avancé et il ne connaissait pas du tout le roi [...] [mot à mot : il ne connaissait pas une miette du roi].)

Ces renforcements de négation peuvent fonctionner avec n'importe quel verbe, indépendamment de son sens.

• En revanche, *mot* se rencontre exclusivement avec les verbes *dire* et *soner*, ainsi qu'avec les verbes de sens voisin, signifiant un acte de parole :

Jehans se taist, *ne* respont *mot*. (*J&B*, 2710.)
(Jean se tait, il ne souffle mot.)

➤ *Remarque* : On fera une différence entre les mots précédents qui sont des composants de la négation et les substantifs accompagnés de l'article qui sont des compléments de prix tels que *un gant*, *un boton* (un bouton), *une noiz*, *une cive*, etc.

• Le mot *rien* possède un statut particulier. De son étymologie latine (*rem* : chose), il garde durant tout l'ancien français un sens positif et peut même, chez les poètes, désigner la femme adorée (l'« objet » dans le langage du XVIIe siècle : *Douce riens por cui je chant...* – « Doux objet de mon chant... » (Colin Muset). On rencontre très souvent dans les textes l'expression *la rien nee* (« chose née » = personne animée). De son emploi fréquent avec *ne*, *rien* reçoit une coloration négative, dans des phrases du type :

Molt l'ai servi, si *ne* m'a *riens* doné. (*Nîm.*, 420.)
(Je l'ai beaucoup servi, pourtant il ne m'a pas donné quoi que ce soit.)

Si le mot est accompagné de *nul*, le sens ne change guère :

Si par est ses cuers esmeüs
Que de *riens nule ne* li chaut. (*J&B*, 952-953.)
(Son cœur est tellement ému qu'aucune chose n'a d'importance pour lui.)

Rien, pronom indéfini dès l'ancien français, a en français moderne un sens négatif : «Qu'a-t-il fait ? – Rien.» Pour avoir l'équivalent de sens positif, la langue a recours à «quoi que ce soit». En fait, c'est *néant* qui, en ancien français, a la signification de notre moderne *rien*.

• *Nient* (*noient*, *néant*) : c'est le français moderne *néant*. Il s'agit d'un pronom indéfini négatif : *rien*, *nulle chose*. Il peut servir de renforcement de négation :

Quant jel vos dis, *n*'en feïstes *nïent*. (*Rol.*, 1708.)
(Lorsque je vous l'ai dit, vous n'en avez rien fait.)

Comme il a de lui-même valeur négative (le second terme de la négation doit exprimer une quantité aussi petite que l'on voudra, mais positive), il est supplanté par *rien*, positif à l'origine.

➤ *Remarque* : les locutions *c'est noienz*, *noienz est de* signifient : «il est inutile». Les locutions adverbiales *de noient* ou *por noient* sont employés au sens de «pour rien», «en vain».

Compléments coordonnés par ne
Coordination négative : voir *infra* p. 21.

Ne puet mangier vin *ne* viande. (*J&B*, 661.)
(Il ne peut absorber ni vin ni nourriture.)

Ne peut être renforcé à l'aide d'adverbes :
• Adverbes de temps : *ne* peut être accompagné des adverbes *ja*, *onques*, *mais* (adverbe de temps).

Ja est très souvent employé. Son interprétation peut être difficile. On a ainsi les combinaisons :

– *Ne…ja*
– *Ne…ja…mes*
} pour le temps à venir.

Ne…ja avec un verbe au futur ou portant sur l'avenir signifie *ne…plus*, *ne…jamais* :

Ja nel verrai des oilz. (*Rol.*, 316.)
(Je ne le verrai plus jamais de mes yeux.)

Or *n*'en parlez *ja*. (*Vergy*, 504.)
(N'en parlez plus désormais [= pour le temps à venir, à partir du moment de l'énonciation].)

➤ *Remarque* : *ja* peut être dénué de toute valeur temporelle et n'être qu'un renforcement de la négation :

Sin ai un filz, *ja* plus bels *n*'en estoet. (*Rol.*, 313.)
(J'ai d'elle un fils, il ne peut en exister de plus beau.)

Ne…ja…mes :

[…] tant d'argent avrés
Que *ja mais* povreté *n*'avrés ou […]. (*J&B*, 3735-3736.)
([…] vous aurez tant d'argent que jamais vous ne serez dans la pauvreté […].)

On voit que *mais* vient s'ajouter à *ja* sans modification apparente du sens. En fait, *mais* apporte l'idée d'un seuil à partir duquel s'exerce la négation.

On a également les combinaisons :

- *Ne…onques* } pour le temps passé.
- *Ne…onques…mes*

Avec ces combinaisons, le verbe est au passé :

Onques denier miex *n*'emploiastes ! (*J&B*, 3938.)
(Jamais [auparavant] vous n'avez mieux employé votre argent.)

Onques mais *ne* furent si liés. (*J&B*, 4592.)
(Jamais [auparavant] ils n'avaient été si joyeux.)

➤ *Remarque* : On trouve parfois une forme *ainc*. Elle est issue du croisement de *onques* («jamais») et de *ainz* («auparavant»). N'avoir jamais fait dans le passé *(onques)* ou n'avoir pas fait auparavant *(ainz)* sont deux manières de dire la même chose. L'identité de sens a produit le croisement des formes qui a donné naissance à *ainc*.

• Adverbes de quantité : *mais* (au sens quantitatif, conformément à son étymologie latine *magis* : « davantage »), *gaires* (« guère »), *plus* (quantitatif).

Ne...mais : le tour possède les deux valeurs :

– quantitative : *ne...mais* : « pas davantage » ;
– temporelle : *ne...mais* : « ne plus désormais ».

Ne...gaires :

François le virent que *ne* valoies *gaires*. (*Nîm.*, 166.)
(Les Français s'aperçurent que tu valais peu [= que tu ne valais pas grand-chose].)

Ne...plus :

Or *ne* voel je *plus* remanoir. (*J&B*, 4418.)
(À partir de maintenant, je ne veux pas rester davantage.)

Je *ne* vous voel ore *plus* dire. (*J&B*, 913.)
(Je ne veux pas maintenant vous en dire plus [davantage].)

1.3 La coordination négative

L'ancien français coordonne par *et* et *ou*. La coordination négative *ne* (issue du *nec* latin) non seulement coordonne deux éléments dont l'un est marqué de négation, mais intervient aussi dès qu'on quitte la pleine positivité (hypothèse, doute...). Selon la formule de Gérard Moignet : « *ne* coordonne en atmosphère non pleinement positive ».

Ne en contexte négatif (mot ou proposition)

La séquence de deux *ne* est par conséquent très fréquente.

Certes je *ne* pens *ne ne* croi [...] (*Perc. R.*, 3788.)

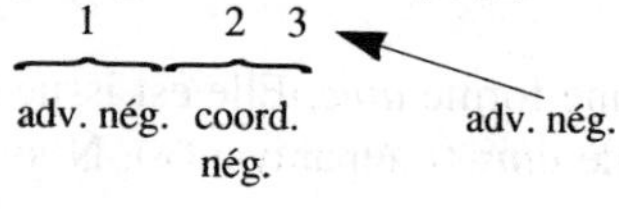

Tant leur otria Dix de biens
Que leur amours pour nule rien
N'amenuisa *ne ne* descrut. (*J&B*, 6159-6161.)
(Dieu les combla de tant de biens que jamais leur amour ne s'affaiblit ni ne diminua.)

On peut avoir une proposition positive coordonnée à une proposition négative. *Ne* peut coordonner deux propositions. Si la seconde est négative, *ne* peut n'être exprimé qu'une fois :

Et nos dieus n'onneurent *ne* proient [...]. (*St Nic.*, 120.)
(Et ils n'honorent ni ne prient nos dieux.)

On devrait avoir : [...] n'onneurent *ne ne* proient. *Ne* coordonne des compléments :

En contexte non pleinement positif

- En interrogation :

De coi avez ire *ne* duel ? (*Érec*, 2513.)
(Quel est le sujet de votre tristesse et de votre douleur ?)

- Dans la coordination de deux interrogations directes ou indirectes :

Avez vos ceanz hauberc *ne* autre armeüre dont ge poïsse mon cors armer ? (*MRA*, 90, 25.)
(Avez-vous ici un haubert ou une autre armure avec quoi je puisse m'équiper ?)

- En subordonnée hypothétique :

S'ele voit *ne* lieu *ne* tens
qu'a la niece le duc parolt [...]. (*Vergy*, 676-677.)
(Si elle voit le lieu et le moment de parler à la nièce du duc [...])

- En subordonnée comparative :

Quant Rollant veit que la bataille serat,
Plus se fait fiers que leon *ne* leupart. (*Rol.*, 1110-1111.)
(Lorsqu'il voit qu'il y aura bataille, Roland se fait plus féroce qu'un lion ou léopard.)

Toute proposition marquée d'indétermination peut faire apparaître *ne*.

Ne et les signes d'exception

Ils sont multiples et déroutants pour le lecteur. Certains interviennent dans une proposition positive (*cf.* le célèbre «tout est perdu *fors* l'honneur»). D'autres interviennent dans le cadre d'une proposition négative.

Le mécanisme de l'exception est simple. Si les éléments que nous avons précédemment évoqués permettent d'accomplir le mouvement négatif, les signes de l'exception permettent qu'échappe au mouvement négatif avant son accomplissement un élément ou un ensemble d'éléments ; le sens des mots est «à l'exception de», «sauf», etc. En ancien français, ils peuvent d'ailleurs introduire un élément ou une proposition.

Dans ce cadre on retiendra :

– *Ne...mais*,

– *Ne...ne mais que* :

> Guenes respunt : «Jo ne sai veirs nul hume,
> *Ne més* Rollant, ki uncore en avrat hunte.» (*Rol.*, 381-382.)
> (Ganelon répond : «À vrai dire, je ne connais personne ainsi, hormis Roland, qui un jour en pâtira.»)
>
> O lui *n'*en meine *mais* que dous chevaliers. (*CL*, 2101.)
> (Il n'emmène avec lui que deux chevaliers.)

– *Ne...que* :

> Car il *n'*avoit heir *que* cestui. (*Thèbes*, 7201.)
> (Car il n'avait pas d'autre héritier que celui-ci.)

– *Ne...se non* :

> Et il dist : «Frere, ja nus hom
> *Ne* m'en desfendra *se* ge *non.*» (*Perc.R.*, 4775-4776.)
> (Il dit : «Frère, jamais personne ne m'en protégera si ce n'est moi.»)

***Neïs, nes* (< du latin : *nec ipse*)**

• *Neïs* peut participer du mécanisme de la négation au même titre que *ja*, *onques*.

> *Nes* Dieu *ne* porteroit il foi. (*Ren.*, I, 768.)
> (Il ne croirait pas même en Dieu.)

• *Neïs* peut également n'avoir plus rien de négatif :

Nes li rois grant joie an mena. (*Yv.*, 2287.)
(Et même le roi en manifesta une grande joie.)

Ici, *neïs* est argumentatif : la joie du roi, qui était la moins probable, permet de conclure que la joie était générale.

2. L'INTERROGATION

2.1 Interrogation directe

La postposition du sujet est de règle dans l'interrogation directe, qu'il s'agisse de l'interrogation totale (qui porte sur l'ensemble de la phrase et appelle une réponse par oui ou non) ou de l'interrogation partielle (qui appelle une information qu'elle ne contient pas). À titre d'exemple, pour ces deux types d'interrogation :

– Interrogation totale :

Fustes vos ensi nez ?
– *Naie*, vallet. (*Perc.*, 282-283.)
(Est-ce que vous êtes né ainsi ? – Non, jeune homme.)

– Interrogation partielle :

Ou an vas tu, vaslez, di va ?
– Je vuel, fet il, a cort aler [...] (*Perc.*, 882-883.)
(Où t'en vas-tu jeune homme, dis-le ? – Je veux, dit-il, aller à la cour [...])

La réponse apporte une information que ne contenait pas la question.

2.2 Difficultés de lecture de l'interrogation

Deux types de construction peuvent surprendre le lecteur :

– La construction de l'interrogative indirecte sur le modèle de l'interrogative directe :

[...] di donc *por coi*
feïs le tu ? [...] (*Yv.*, 1766.)
([...] explique donc pourquoi tu l'as fait [...])

– La construction d'une alternative. En effet, seule la première proposition est construite comme une interrogative :

Dormés vous chi ou vous songiés ? (*J&B*, 476.)
(Dormez-vous debout ou rêvez-vous ?)

Senechal, dors tu *ou* tu veilles ? (*St Nic.*, 1384.)
(Sénéchal, dors-tu ou veilles-tu ?)

➤ *Remarque 1* : L'interrogation négative peut être introduite par la particule *en, enne* (origine *et* + *ne*). Elle donne une certaine expressivité à la phrase :

Enn' est ele pas ma pareille ? (*J&B*, 517.)
(N'est-elle pas ma semblable ?)

En'ai je trois poins plus de ti ? (*St Nic.*, 905.)
(Est-ce que je n'ai pas trois points de plus que toi ?)

➤ *Remarque 2* : Les interrogatifs composés du type « qui est-ce qui », « qu'est-ce que », etc., sont en cours de formation en ancien français. *Ce* est l'antécédent de la relative et l'interrogatif est attribut. Ces structures ont à l'origine valeur d'insistance.

Ha ! sire, fet Morgue, *que est ce que* vos dites et *que est ce que* vos demandez ? (*MRA*, 52, 21.)

On trouve également le tour suivant :

Dist Isangrin : « Cuivers traïtres,
Ce que est ore *que* vos dites ? » (*Ren.*, I, 2075-2076.)
(Isengrin dit : « Infâme crapule, qu'est-ce que vous êtes en train de dire ? »)

Exercice 1

Classez les occurrences de la négation prédicative et justifiez son emploi :

1. « Por Deu, je non », li rois repont. (*Bér.*, 505.)

2. Et il dist : « Frere, ja nus hom / Ne m'en desfendra se ge non. » (*Perc.*, 4775-4776.)
3. Tel cop li donna de s'espee / Que le cuisse li a colpee. Le lorain laist u voelle u non. (*J&B*, 4325-4327.)
4. [...] si se traist ariere, et non pas en samblanche de cevalier vaincu ne recreant, mais en semblanche de cevalier ki encore ait grant volenté de la bataille maintenir [...]. (*Tr. Pr.*, t. I, II, 65.)
5. N'en aies doute, non fera. (*Bér.*, 3925.)
6. As enseignes que vous m'avés dites, fait Palamidés, connois je tout certainnement que vous amés cele que je aim et non autre, quar je aim la plus bele ki soit u monde [...]. (*Tr. Pr.*, t. I, V, 102.)
7. Je revenrai, weille ele ou non, / Que ja por rien nel laisserai. (*Perc. R.*, 2960-2961.)
8. Se mes compains, ki ci est, ki orendroit s'em voloit a moi combatre, en veut son escu prendre encontre vous, non pas orendroit, mais le matin quant il sera ajorne [...]. (*Tr. Pr.*, t. I, V, 108.)
9. [...] savés vous en celui païs nule nouvele de monseigneur Tristan ? – Certes, sire, je croi que non, fait Kahedins. (*Tr. Pr.*, t. I, V, 110.)
10. Ce ne sai je mie se ce est verité u non [...]. (*Tr. Pr.*, t. I, VI, 125.)
11. Et saces que g'i envoierai (un messager) prochainnement pour savoir vraieement s'il i est u non. (*Tr. Pr.*, t. I, XI, 165.)
12. Si ne vint onques puis home ceste part ki reconnoistre le peüst ? – Sire, non, pour voir le sachiés. (*Tr. Pr.*, t. I, XIV, 180.)
13. Li un dient sans doute que Matans li Bruns a fait cest fait et li autre dient que non a [...]. (*Tr. Pr.*, t. I, XIV, 182.)
14. Si m'aït Diex, sire, fait li uns des bregiers, il n'en dient se mal non. (*Tr. Pr.*, t. I, XV, 185.)

Exercice 2

Soulignez les renforcements de négation :

1. Onques porte n'i fu veee : / Qui vout entrer si pout mengier. (*Bér.*, 3 000-3 001.)
2. Qar je a lui mais ne vendroie / Ne ja a vos n'en parleroie. (*Bér.*, 437-438.)
3. Ja n'avrai mais bain d'eve chaude / Tant qu'a m'espee aie venjance / De ceus qui li ont fait pesance. (*Bér.*, 3336-3338.)
4. Ainc puis n'ot de mal faire envie. (*St Nic.*, 104.)

5. Ainz serai je kenus et blans, / Pucele, que je me recroie / De vos servir, ou que je soie. / Ja de vos ne serai si loing. (*Perc. R.*, 5604-5607.)
6. Li vallés ne prise une cive / Quanques li rois li dist et conte / Ne de son doel ne de sa honte / De sa feme ne li chaut il. (*Perc.*, 968-971.)
7. N'aiiés doutance ne cremeur / Pour riens que vous oés anuit. (*J&B*, 3888-3889.)
8. Jehans li a dit : «Tu dis voir ; / or, ne voel je plus remanoir.» (*J&B*, 4418-4419.)
9. De ces noveles c'ont oïes, / Onques mais ne furent si lies. (*J&B*, 4591-4592.)
10. Quant ele saisie se voit, / Ainc mais ne fu si esbahie. (*J&B*, 4294-4295.)
11. Cele nuit ne leur failli rien. (*J&B*, 4554.)
12. De ce dire point ne se duelent. (*J&B*, 4750.)
13. De chevaucier dont s'atira, / Ne fina ne soir ne matin / Devant qu'il vint a Dantmartin. (*J&B*, 5258-5260.)
14. Tel joie ne vit mais hom vis. (*J&B*, 6004.)
15. Ainc n'eut plus vrais amans el monde / Ne ja n'avra, si com j'espoir. (*J&B*, 6258-6259.)

LE NOM

1. GÉNÉRALITÉS

1.1 Morphologie

« Sire-seigneur », « copain-compagnon » : ces couples de noms sont familiers. Si le lecteur perçoit une parenté sémantique, il les considère cependant comme bien distincts : « sire » pour le roi, « seigneur » pour n'importe quelle personnalité. Cependant, du point de vue de la morphologie historique, ils ont une même origine, et la différence formelle et sémantique que le lecteur perçoit résulte d'une différence de fonction : nous sommes en présence d'une survivance de l'ancienne flexion que le français médiéval a héritée du latin. Il ne conserve des six cas du latin que le nominatif, appelé cas sujet (CS), et l'accusatif, le cas régime (CR) ; c'est ce dernier qui, dans la grande majorité des cas, va constituer la racine morphologique de notre lexique après la disparition progressive du cas sujet.

La déclinaison

Le passage du latin en français pose le problème de la redistribution des genres : de trois, en latin, l'on passe à deux en ancien français. Les noms neutres sont pour la plupart devenus masculins. Certains noms neutres au pluriel ont donné des féminins.

Dans l'histoire du français, certains noms ont connu un changement de genre : des mots comme « amour » ou « gens » en témoignent.

La déclinaison des substantifs masculins

- Première déclinaison :

CSS	*murs*	CSP	*mur*	soit –*s*	-*ø*
CRS	*mur*	CRP	*murs*	soit –*ø*	-*s*

Cette déclinaison est donc caractérisée par l'alternance d'une marque -*s* et de son absence -*ø*. La plus grande partie des noms masculins se décline sur ce modèle.

Cette déclinaison s'applique aux infinitifs substantivés, très nombreux en ancien français. Nous les présentons avec l'article défini :

CSS	*li repentirs*	CSP	*li repentir*
CRS	*le repentir*	CRP	*les repentirs*

De même : *li mentirs*, *li baisiers*, etc.

• Deuxième déclinaison :
Elle remonte aux noms qui ne comportaient pas d'*s* au nominatif de la déclinaison latine : *pater*, *frater*, *liber*, *magister*, etc. Ces noms se déclinent de la manière suivante :

CSS	*pere (s)*	CSP	*pere*
CRS	*pere*	CRP	*peres*

Par analogie avec la première déclinaison, on trouve très tôt des formes comme *li peres*. L'*s* est dit analogique. Les mots les plus courants appartenant à cette déclinaison sont : *pere*, *frere*, *maistre*...

• Troisième déclinaison :
Les mots appartenant à cette déclinaison remontent aux imparisyllabiques latins. La différence des formes est produite par le déplacement de l'accent en latin :

CR *pástor > pastre* ;
CR *pastṓrem > pastour*, *pasteur*.

La déclinaison est donc :

CSS	*li pastre*	CSP	*li pastor*
CRS	*le pastor*	CRP	*les pastors*

Parmi les mots les plus courants qui obéissent à cette règle du déplacement d'accent (nous n'indiquons que le CSS et le CRS), on trouve :

– *li ber, le baron* ;
– *li lerre, le larron* ;

– *li compaing, le compaignon* ;
– *li fel, le felon* ;
– *li gars, le garson* ;
– *li glot, le gloton* (« la canaille »).

L'une des particularités de l'ancien français est la déclinaison de certains noms propres : *Charles, Charlon* ; *Gui, Guion* ; *Guenes, Ganelon*, etc.

À retenir également :

– *li trovere, le troveor* ;
– *li pechere, le pecheor* ;
– *li traïtre, le traïtor* ;
– *l'enfes, l'enfant* ;
– *l'abes, l'abé* ;
– *li niés, le neveu* ;
– *li sire, le seignor.*

➤ *Remarque* : L'opposition CS/CR dans les deux mots suivants n'est pas due à un déplacement d'accent, mais à l'évolution phonétique :

CSS	*li cuens*	CSP	*li conte*
CRS	*le conte*	CRP	*les contes*
CSS	*l'(h)om, on, uem*	CSP	*li (h)ome*
CRS	*l'(h)ome*	CRP	*les (h)omes*

La déclinaison des substantifs féminins

• Première déclinaison :

CSS	*la fille*	CSP	*les filles*
CRS	*la fille*	CRP	*les filles*

En fait, il n'y a pas, pour les féminins terminés par *e*, d'opposition CS/CR, mais une opposition singulier/pluriel.

• Deuxième déclinaison :

Elle comporte un *-s* de flexion au cas sujet et s'applique aux substantifs féminins terminés par une consonne ou par une voyelle accentuée.

Flor : radical terminé par une consonne :

CSS	*la flors*	CSP	*les flors*
CRS	*la flor*	CRP	*les flors*

Cité : radical terminé par une voyelle accentuée :

CSS	*la citez*	CSP	*les citez*
CRS	*la cité*	CRP	*les citez*

En fait, le radical comportait un *t* : *civitatem* > *cité(t)*. Ce *-t* a disparu, mais le *-z (ts)* en conserve la trace.

• Troisième déclinaison :
Il s'agit des substantifs qui comportent un déplacement d'accent :

CSS	*la none*	CSP	*les nonains*
CRS	*la nonain*	CRP	*les nonains*

Se déclinent sur ce modèle :

– *ante, antain* (FM : tante) ;
– *pute, putain* ;
– *taie, taien* ;
– des prénoms féminins : *Eve, Evain* ; *Berte, Bertain* ; *Morgue, Morgain* ; *Pinte, Pintain.*

Un nom féminin comporte également une déclinaison due au déplacement d'accent :

CSS	*la suer*	CSP	*les serors*
CRS	*la seror*	CRP	*les serors*

➤ *Remarque* : Notons que, quelle que soit la déclinaison, jamais les noms féminins ne comportent d'opposition cas sujet pluriel/cas régime pluriel.

Difficultés dues à la graphie et à la phonétique
• Devant le *-s* de flexion, les consonnes *p/b*, *f/v*, *k/g* disparaissent. Ainsi :

dras	dissimule	*drap*
gas	dissimule	*gab* (la plaisanterie)
vis	dissimule	*vif*
nués	dissimule	*nuef* (neuf)
chiés	dissimule	*chief* (la tête)
sas	dissimule	*sac*
sans	dissimule	*sanc* (sang)
ars	dissimule	*arc*
bors	dissimule	*borg* (bourg)

• La rencontre d'une dentale (*t* ou *d*) présente en latin et du *-s* de flexion donne naissance à un [*ts*] graphié *z* :

sergenz	*sergent*
sergent	*sergenz*

(Le *-t* est présent dans l'étymon latin : *servientem* > *sergent*, *infantem* > *enfant*.)

On a ainsi :

vaslez	*vaslet*	*enfes*	*enfant*
vaslet	*vaslez*	*enfant*	*enfanz*

Le *t* peut ne pas être présent dans la graphie au cas régime :

escuz	*escu*
escu	*escuz*

On voit que le *-t* a disparu mais que sa trace subsiste dans le *z* (*t* + *s*) qui se rencontre au cas sujet singulier et au cas régime pluriel.

La présence de *l* palatal (*l* de l'italien, *l* mouillé), produit dans l'histoire du français par la rencontre de *l* + *yod*, entraîne l'apparition d'un *z* :

filz	*fil*
fil	*filz*

• Vocalisation de *l* et *l* mouillé : les consonnes *l* et *l* mouillé devant consonne (ici *-s*) donnent naissance à un élément vocalique [*u*] ; exemple : *chevals* > *chevaus*, d'où les déclinaisons suivantes :

– *a* + *l* simple :

li chevaus	*li cheval*
le cheval	*les chevaus*

– *a* + *l* mouillé :

li travauz	*li travail*
le travail	*les travauz*

Notons avec *l* mouillé l'apparition de *ts*, graphié *z*.

– *e* fermé + *l* simple :

li cheveus	*li chevel*
le chevel	*les cheveus*

– *e* fermé + *l* mouillé :

li conseuz	*li conseil*
le conseil	*les conseuz*

(Dans *conseil*, *il* est une simple graphie de *l* mouillé.)

Notons, là encore, avec *l* mouillé, l'apparition de *ts*, graphié *z*.
Au terme d'une évolution complexe, on trouve la déclinaison :

pieus (= le pieu)	*pel*
pel	*pieus*

On y rangera : *osteus*, *ostel* ; *teus*, *tel* (*tel* du FM) ; *queus*, *quel* (*quel* du FM). On rencontre aussi *tieus*, *tel* ; *quieus*, *quel*.

– *e* ouvert (issu de *e* bref du latin) + *l* :

li chasteaus	*li chastel*
le chastel	*les chasteaus*

Se déclinent de cette façon : *oiseaus*, *oisel* ; *beaus*, *bel*, etc.

On rencontre d'autres mots chez lesquels la vocalisation a entraîné une opposition cas sujet/cas régime : *fous*, *fol* ; *cous*, *col* ; *genouz*, *genoil*, etc.

➤ *Remarque* : Les scribes se servent du signe *-x* pour noter *-us*. On trouvera donc *chevax* (= *chevaus*), *beax* (= *beaus*), *tex* (= *teus*).

1.2 Syntaxe

Le cas sujet

Il connaît plusieurs fonctions.

- Sujet du verbe :

  Li reis est fiers e sis curages pesmes. (*Rol.*, v. 56.)
  (Le roi est orgueilleux et sa détermination encore pire.)

- Attribut : terme relié au sujet ou au comp. d'ob. par le verbe être, un verbe d'état (paraître, devenir.

  Prist a moillier Orable la roïne ; [...]
  Et si *fu feme* le roi Tiebaut d'Aufrique. (*PO*, 25-27.)
  (Il prit pour femme Orable la reine ; elle fut l'épouse du roi Thibaut d'Afrique.)

- Apposition du sujet :

  Oïez, seignor, Deus vos croisse bonté,
  Li glorïeus, *li rois de majesté* !
  (Écoutez, seigneurs, que Dieu accroisse votre valeur, Dieu le glorieux, le roi de majesté !)

- Apostrophe :

  Agravain, *biaus niés*, ne dites jamés tel parole. (*MRA*, 6, 23.)
  (Agravain, cher neveu, ne tenez plus de tels propos.)

Le cas régime

Il englobe tout ce qui n'est pas cas sujet, comme le complément d'objet direct, le complément d'objet indirect, mai aussi :

- l'apposition au complément d'objet direct :

  Deu reclama, *le verai justisier*. (*PO*, 898.)
  (Il invoqua Dieu, le véritable justicier.)

- l'attribut du COD :

  Tant le servirent volentiers
  que il les fist puis *chevaliers*. (*J&B*, 2130-2131.)
  (Ils le servirent de si bon gré qu'il les a depuis faits chevaliers.)

- le complément d'objet indirect précédé de préposition :

  Li contes […] retorne a parler *de Lancelot* qui estoit malades chiés l'antain […] (*MRA*, 37,39.)
  (Le conte […] revient sur Lancelot qui se trouvait malade chez la tante […])

- Et surtout, le cas régime sert à exprimer toutes les fonctions circonstancielles que précise la préposition, ce qui représente un nombre considérable d'emplois.

La construction du cas régime direct

Des expressions comme «hôtel Dieu», «Dieu merci» ou «bain Marie» sont des survivances de la possibilité d'omettre la préposition *de* marquant l'appartenance, essentiellement devant des noms propres, des noms de parenté, des noms de personnages élevés dans la hiérarchie sociale (*dus* – duc ; *quens* – comte). Le rang de chevalier n'est pas suffisant : on trouvera en effet «la fille au chevalier» (*au* = *a* + *le*), c'est-à-dire l'apparition de la préposition. Mais en revanche on a :

Vos le sivrez a la feste *seint Michel*. (*Rol.*, v. 37.)
(Vous le suivrez à la fête de Saint Michel.)

La mort *le roi Artu*. (La mort du roi Arthur.)

Cette construction du cas régime direct obéit à l'ordre des mots déterminé-déterminant. Dans les plus anciens textes, on trouve quelques exceptions à cette contrainte. Très vite, la possibilité de l'ordre déterminant-déterminé ne concerne que deux mots : *Dieu* et le pronom indéfini *autrui*. On trouve ainsi *la Deu merci*, *autrui amors* comme dans cet exemple où des *fous felons* [...] *enquierent autrui amors* (*Vergy*, 958), c'est-à-dire « épient les amours d'autrui ».

➤ *Remarque* : Le substantif qui suit les verbes unipersonnels est le plus souvent au cas régime. C'est notamment le cas du verbe *avoir*, dans les réalisations qui sont à l'origine de notre moderne *il y a* :

> Puis dist que *nul peril n'i a*. (*J&B*, 4529.)
> (Puis il a dit qu'il n'y a aucun danger.)

Limites du respect de la déclinaison

Le phénomène de l'analogie a joué très tôt au profit de la première déclinaison qui, dans un but de simplification et d'uniformisation, a absorbé les deux autres. Le cas régime a eu tendance à se substituer au cas sujet (il existe cependant quelques cas du mouvement inverse aussi). Les atteintes les plus fréquentes au système de la déclinaison sont :

– L'apostrophe qui, en raison de son caractère hors-phrase, tend très rapidement à être signifiée au CR :

> *Seignurs barons* [...] ! (*Rol.*, v. 1165.)
> (Pour *seignur baron* – CSP.)

– L'apposition et l'attribut du sujet :

> Ne je ne sui ne *duc* ne *conte*. (*Vergy*, 76.)
> (Pour *dus* et *cuens*.)

– Le sujet lui-même : postposé au verbe, il est souvent au CR.

2. La caractérisation du nom

Caractériser un nom, c'est apporter une différence spécifique : « une pomme – une pomme verte ». Cette opération peut être effectuée par :

– les adjectifs qualificatifs (certains compléments du nom, les relatives déterminatives, etc.) ;
– les numéraux ordinaux ;
– les adjectifs indéfinis : autre, même, tel, quel ;
– les adjectifs possessifs toniques.

Tous ont bien évidemment une déclinaison. Nous nous en tiendrons essentiellement à l'étude de **l'adjectif qualificatif.**

• En latin, l'adjectif qualificatif s'accordait avec le substantif non seulement en genre et en nombre, mais il comportait également la marque de la fonction syntaxique : il se déclinait comme le substantif. L'ancien français conserve cette particularité :

• Première déclinaison :

	Masculin	Féminin	Neutre
CSS	*bons*	*bone*	*bon*
CRS	*bon*	*bone*	
CSP	*bon*	*bones*	
CRP	*bons*	*bones*	

• Deuxième déclinaison :

	Masculin	Féminin	Neutre
CSS	*granz*	*grant, granz*	*grant*
CRS	*grant*	*grant*	
CSP	*grant*	*granz*	
CRP	*granz*	*granz*	

On peut trouver *granz* au CS féminin.

Les adjectif verbaux comme les adjectifs qualificatifs issus d'une forme en *-ant* se déclinent sur ce modèle :

	Masculin	Féminin	Neutre
CSS	*avenanz*	*avenant*	*avenant*
CRS	*avenant*	*avenant*	

CSP	*avenant*	*avenanz*
CRP	*avenanz*	*avenanz*

Les adjectifs de cette deuxième déclinaison se caractérisent par l'absence d'une différence morphologique autre que casuelle entre masculin et féminin. Ils sont appelés « adjectifs épicènes ». Le français moderne en conserve des traces, notamment dans des mots comme « grand-mère », « grand-messe » ou « Rochefort ». En ancien français, cette famille est particulièrement importante car elle concerne toutes les formes en *-ant* qui, en emploi de participe présent ou d'adjectif verbal, se déclinent.

• Troisième déclinaison :

	Masculin	Féminin	Neutre
CSS	*mieudre*	*mieudre*	*mieuz*
CRS	*meillor*	*meillor*	
CSP	*meillor*	*meillors*	
CRP	*meillors*	*meillors*	

Parmi les adjectifs importants qui se déclinent de cette façon, on retiendra :

– *pire(s), peior* ; neutre : *pis* ;
– *graindre, graignor* (« plus grand ») ;
– *maire, maior* (« plus grand ») ;
– *mendre, menor* ; neutre : *meins, moins* (« plus petit »).

L'adjectif épithète est plus fréquemment antéposé en ancien français qu'en français moderne.

➤ *Remarque* : L'ancien français décline les participes passés sur le modèle suivant :

	Masculin	Féminin
CSS	*amez* (= *t* + *s*)	*amée*
CRS	*amé(t)*	*amée*
CSP	*amé(t)*	*amees*
CRP	*amez*	*amees*

3. La quantification

« Quantifier un nom, c'est indiquer les objets ou les êtres auxquels le discours le réfère momentanément » (Robert Martin). Cette opération est assurée par :

- les adjectifs numéraux cardinaux ;
- les articles ;
- les adjectifs définis et indéfinis, qui fonctionnent aussi comme pronoms ;
- les adjectifs démonstratifs, qui fonctionnent aussi comme pronoms ;
- les adjectifs possessifs atones.

➤ *Remarque* : Caractérisation et quantification s'allient dans le cas des adjectifs démonstratifs, des adjectifs possessifs et dans celui des indéfinis.

3.1 Les adjectifs numéraux cardinaux

On décline ces adjectifs jusqu'à trois.

	Masculin	Féminin
CS	*dui, doi*	*dous, deus*
CR	*dous, deus*	*dous, deus*
CS	*trei, troi*	*treis, trois*
CR	*treis, trois*	*treis, trois*

Leur emploi ne présente pas de différences notables avec la langue moderne sinon que l'ordinal est souvent employé à la place du cardinal.

S'avoit *tierz* jor que la reïne
ert de la prison revenue. (*Yv.*, v. 4734-4735.)

(Il y avait trois jours que la reine était revenue de captivité [= c'était le troisième jour].)

L'adjectif *ambedui*, *ambesdous* est une réalisation originale de l'ancien français ; on le traduit souvent par « tous les deux » :

Eț li autre *dui* sus li vienent :
as espees que nues tienent
li donent granz cos *anbedui*. (*Yv*., v. 4491-4493.)
(Les deux autres se précipitent sur lui : de leurs épées nues qu'ils ont à la main, tous deux lui donnent de grands coups.)

3.2 Les articles

L'article défini

	Masculin	Féminin
CSS	*li (l')*	*la*
CRS	*le (l')*	*la*
CSP	*li (lo)*	*les*
CRP	*les*	*les*

➤ *Remarque* : On ne confondra pas avec un article une forme *le* ou *la* qui est en fait un pronom démonstratif.

L'escu Guillelme et la targe florie,
Et *le* Bertran, son neveu, le nobile. (*PO*, 9-10.)
(L'écu de Guillaume, et son bouclier rond, celui [l'écu] de Bertrand, son neveu, le noble.)

L'article indéfini

	Masculin	Féminin
CSS	*uns*	*une*
CRS	*un*	*une*
CSP	*un*	*unes*
CRP	*uns*	*unes*

Avant de préciser l'utilisation de l'article indéfini, mentionnons un emploi particulier à l'ancien français du pluriel de *un*. Il sert à présenter des objets allant par paires ou constituant un ensemble : *uns ganz* : « une paire de gants » ; *unes joes* : « les deux joues » ; *unes armes* : « l'ensemble des pièces de l'armement d'un chevalier ».

N'oublions pas que l'article peut produire l'effet de sens « un seul » et par conséquent « un même » :

Cist furent bien endui d'*un* lin. (*Ren.*, III, 3852.)
(Ces deux là furent bien d'un seul [= d'un même] lignage.)

Utilisation de l'article

1. En français moderne, *un* peut accompagner un substantif marqué de généralité au sens de « un quelconque » : « un marin (quelconque) aime son bateau » : la phrase est vraie pour tous les êtres qui peuvent être appelés « marins ». Dans ce cas on trouve très rarement l'article en ancien français ; c'est, par exemple, le cas dans les proverbes :

Home qui aime est plains de desverie. (*PO*, 360.)
(*Un* homme amoureux est en proie à la folie = tout homme amoureux, n'importe lequel.)

Feme que feme.
(Une femme est une femme.)

2. Mais *un* peut présenter un être ou une chose individualisé, il est paraphrasable par « un certain » : « Un marin monte la garde devant l'Arsenal » (il n'y a qu'un marin et un seul pris dans l'ensemble des êtres qui peuvent être appelés « marins »). C'est le *un* de présentation d'un personnage dans un récit ; à la seconde mention, on emploie l'article défini.

3. Comme on le voit, *le* (article défini) suppose qu'ait été effectuée une particularisation antérieure ; *le* s'applique à ce qui est connu, notoire. La notoriété peut provenir d'une présentation effectuée dans le récit. Elle peut aussi résulter d'une connaissance du monde sur laquelle locuteur et allocutaire (auteur et lecteur) s'accordent. On trouve ainsi dans les textes *li chevaliers*, *li nains*, après particularisation antérieure. Le récit lui-même sera désigné comme *li contes*. Les choses universellement connues seront précédées de l'article : *li soleuz* : « la lune », etc.

Renarz [...]
S'en vint treant a *une* vile.
La vile si ert en un bois. (*Ren.*, III, 4068-4069.)
(Renart [...] s'approcha d'une ville. La ville se trouvait dans un bois.)

4. En ancien français, l'article *un* n'a pas de pluriel (sauf l'exception signalée plus haut p. 41).

Mes a l'entree avoit *portiers*
trestoz armez, deux chevaliers
qu'espees nues tenoient. (*Charr.*, 1087-1089.)
(Mais à l'entrée, il y avait des portiers tout armés, deux chevaliers qui tenaient des épées nues.)

L'article partitif

L'ancien français dit : *boivre eve* (boire de l'eau), *mangier pain*, comme un grand nombre de langues modernes (*bere aqua*, *Wasser trinken*).

C'est *de* associé à l'article défini qui permettra de signifier l'opération de prélèvement d'une quantité :

S'au bacin viax *de* l'eve prendre. (*Yv.*, 395.)
(Si tu veux prendre de l'eau au bassin.)

N'en ad vertut, trop ad perdut *del* sanc. (*Rol.*, v. 2229.)
(Il n'a pas de vigueur, il a trop perdu de sang.)

➤ Remarque : *De* sert aussi à introduire l'indication du tout dont la partie est signifiée par les adverbes de quantité *assez*, *moult*, *petit*, *po* (peu) : peu *de* joie, peu *de* savoir... L'ordre des mots permet parfois de faire l'économie de *de* :

Assez i ot pomes et poires. (*Ren.*, III, 4083.)
(Il y avait beaucoup de pommes et de poires.)

L'article « zéro »

• Il est très fréquent en ancien français, notamment lorsqu'un adjectif épithète précède le nom et à coup sûr lorsqu'un adverbe précède cet adjectif :

Fesoient devant touz ceus de la place chevaleries si apertes que li pluseur de leur partie i prenoient *granz essamples* de hardement por leur bien fere. (*MRA*, 20, 10.)
(Ils accomplissaient, aux yeux de tous ceux qui étaient là, de si évidentes prouesses que la plupart des hommes de leur camp y trouvaient de grands exemples de bravoure pour bien se comporter eux-mêmes.)

Et quant Lancelos vit devant lui a genouz *si bele* damoisele et si avenant come cele estoit, si l'en pesa moult durement. (*MRA*, 14, 5.)
(Lorsque Lancelot vit à ses pieds à genoux une jeune fille aussi belle et aussi gracieuse, il en éprouva une vive contrariété.)

• On ne trouve pas d'article devant des noms abstraits comme *justice*, *beauté*, etc. Ils sont souvent écrits avec majuscule, ce qui tend à les présenter comme des allégories.

Avec felonie et envie,
escharsetez est lor amie. (*Ren.*, III, 3915-3916.)
(À perfidie et cupidité s'associe l'avarice, qui est leur amie.)

Est che Amours qui me dourdelle ?
Amours ? nenil, ains est Haïne. (*J&B*, 519-520.)
(Est-ce l'Amour qui me tourmente ? – L'Amour ? Non, mais plutôt la Haine.)

• L'article n'est pas exprimé lorsque le nom ne renvoie pas dans le discours à un objet du monde. Ce nom est employé en tant qu'ensemble de propriétés et n'est plus pleinement substantif ; il se rapproche de l'adjectif.

– C'est le cas du nom en fonction d'attribut :

Fille ert a rei e a reïne. (*Lais*, Eliduc, 16.)
(Elle était fille de roi et de reine.)

– C'est également le cas dans la constitution des locutions verbales. Elles sont formées à l'aide de verbes comme *avoir*, *faire*, *prendre*, etc. (*cf.* en français moderne : « faire peur », « avoir faim », « prendre garde », «prendre conscience»). La locution verbale a une unité sémantique propre : les deux mots sont, du point de vue du sens, l'équivalent d'un verbe unique :

> de ces .II. choses n'a il garde. (*Perc.*, 3262.)
> (Il ne se soucie pas de ces deux choses.)

• On n'a pas d'article non plus dans le groupe préposition et substantif, lorsqu'il équivaut à un adverbe : *a tort*, *a droit*, *a court*, *de force*, *par nuit*, *par paour*, etc. Ces associations ont un caractère permanent et s'opposent ainsi aux associations réalisées momentanément dans le discours et qui sont les compléments circonstanciels :

> A droit te puis bien fel clamer. (*J&B*, 1224.)
> (C'est justice que je t'appelle traître [*a droit* = légitimement].)

• On constate une nette tendance à la non-expression de l'article dans les propositions négatives, hypothétiques et comparatives. Dans ces contextes, la présence de l'article n'est pas jugée nécessaire :

– En proposition négative :

> [...] il *n*'avoit *home* a celui point en Cornuaille si sage ne si pourveant ki adonc le reconneüst [...]. (*Tr. Pr.*, t. I, xv, 184, 18.)
> (En ce moment il n'y avait personne en Cornouaille [= pas un homme] qui fût assez sage et averti pour le reconnaître.)

– En proposition hypothétique :

> *Se* vos volez ne chastel ne cité
> Ne tor ne vile, donjon ne fermeté
> Ja vos sera otroié et graé. (*Nîm.*, 471-473.)
> (Si vous voulez ou [un] château ou [une] cité, [une] tour ou [une] ville ou [un] donjon ou [une] forteresse, cela vous sera donné et accordé.)

– En proposition comparative :

> Plus se fait fiers que leon ne leupart. (*Rol.*, 1111.)
> (Il se fait plus fier qu'un lion ou un léopard.)

• Rappelons que les noms propres ne sont pas précédés de l'article, pas plus que les noms de pays :

Jo l'en cunquis Normendie la franche,
Si l'en cunquis Provence e Equitaigne
E Lumbardie e trestute Romaine. (*Rol.*, 2324-2326.)
(J'ai conquis pour lui la Provence et l'Aquitaine et la Lombardie et toute la Romagne.)

• Enfin, dans le cas de l'apostrophe, la situation allocutive dispense d'employer l'article :

Amis, fet li rois, descendez [...] (*Perc.*, 977.)
(Ami, fait le roi, mettez pied à terre.)

Vassax, fet ele, descendez [...] (*Perc.*, 7025.)
(Vassal, dit-elle, mettez pied à terre.)

• La coordination est également une situation favorable à la non-expression de l'article :

Puis que j'ai nef et armeüre [...] (*J&B*, 3969.)
(Puisque j'ai un navire et des armes [...])

• On a en ancien français de longues énumérations sans l'article : noms abstraits, pluriels, et situation de coordination y concourent :

Il savroit assés pour aquerre
Honneur et amis et richece. (*J&B*, 12-13.)
(Il serait bien capable de conquérir l'honneur, des amis et la richesse.)

3.3 Les indéfinis

Ils peuvent être adjectifs ou pronoms. Ils se déclinent. Relevons les plus fréquents :
– *uns* et ses composés : *alcuns*, *aucuns* (quelqu'un) ; *chascuns* ;
– *tanz* : sing. : « si grand » ; plur. : « combien nombreux » ;
– *alquanz* : sing. : « quelqu'un » ; plur. : « quelques-uns » ;
– *nus* : « nul », « personne » :

	Masculin	Féminin	Neutre
CSS	*nus*	*nule*	*nul*
CRS	*nul*	*nule*	*nul*
	nului	*nuli*	
CSP	*nul*	*nules*	
CRP	*nus*	*nules*	

– *tos* : « tout », « tous » :

	Masculin	Féminin	Neutre
CSS	*toz*	*tote*	*tot*
CRS	*tot*	*tote*	*tot*
CSP	*tuit*	*totes*	
CRP	*toz*	*totes*	

– *trestot*, qui se décline exactement comme *toz*, en est une forme renforcée au sens de *absolument tout* ;
– *mainz*, *meïsme*, *noient*, *plusor*, *poi* ;
– *altre*, *autre* :

	Masculin	Féminin	Neutre
CSS	*altre(s), autre(s)*	*altre, autre*	*altre, autre*
CRS	*altre, autre*	*altre autre,*	*altre, autre*
	altrui, autrui	*altri, autri*	
CSP	*altre, autre*	*altres, autres*	
CRP	*altres, autres*	*altres, autres*	

– *tel* :

	Masculin	Féminin	Neutre
CSS	*tels, teus,* *tieus*	*tels, teus,* *tieus, tel*	*tel*
CRS	*tel*	*tel*	*tel*
CSP	*tel*		
CRP	*tels, teus* *tieus*	*tels, teus* *tieus*	

– *quel*, *queus*, *quieus* se déclinent sur le même modèle.

3.4 Les démonstratifs

De l'ancien système complexe des démonstratifs latins, on passe à un système binaire qui oppose *cist* et *cil*. Ces démonstratifs ont pour origine les formes de latinité tardive *ecce iste* et *ecce ille*. La tradition voit dans cette adjonction de *ecce* (= voici) un renforcement. En ancien français, la déclinaison de ces démonstratifs se présente de la manière suivante :

– *ecce-iste > cist* :

	Masculin		Féminin	
	singulier	pluriel	singulier	pluriel
CS	*cist*	*cist*	*ceste*	*cestes*
CR1	*cest*	*cez*	*ceste*	*cestes*
CR2	*cestui*		*cesti*	

– *ecce-ille > cil* :

	Masculin		Féminin	
	singulier	pluriel	singulier	pluriel
CS	*cil*	*cil*	*cele*	*celes*
CR1	*cel*	*ceus*	*cele*	*celes*
CR2	*celui*		*celi*	

Les démonstratifs peuvent se rencontrer sous la forme renforcée, préfixée par *i*, sans aucune modification de sens :

> Si le firent leanz demorer avec eus *icele* nuit. (*MRA*, 37, 30.)
> (Cette nuit-là ils le firent rester avec eux.)

Syntaxe

• Pour des raisons de présentation, nous sommes amenés à évoquer les démonstratifs comme s'ils étaient indifféremment adjectifs ou pronoms. Dans les textes, on enregistre nettement la tendance suivante :

– Beaucoup de formes de la famille *cil* ont fonction de pronoms et en particulier lorsqu'elles sont a) supports de détermination : *cil de France* ; b) pronom antécédent de relatif : *cil qui* ;

– Beaucoup de formes de la famille *cist* sont en fonction de déterminants. On constate que la forme *cez*, *ces*, que nous avons rangée dans la partie du tableau *cist*, est une forme indifférenciée (ni *cist*, ni *cil* mais analogue à l'article défini *les*). Un processus identique permettra la création du déterminant démonstratif *ce* (qui neutralise les valeurs de *cest* et de *cel*) et qui est analogue à l'article défini *le*.

• La répartition des formes *cist* et *cil* (adjectif ou pronom) obéit à certaines règles. *Cist* est le cas marqué par rapport à *cil*. Dans le cas de *cist*, le rapport entre le signe et le référent est livré sans ambiguïté par le contexte de l'occurrence : c'est un rapport de proximité, de contiguïté :

– Proximité dans le cadre de l'environnement spatial : *cist* désigne le référent le plus proche de l'endroit où il est formulé :

> « Veïs tu hui par *ceste* lande
> Cinc chevaliers et trois puceles ? » (*Perc.*, 184-185.)
> (As-tu vu aujourd'hui dans cette lande cinq chevaliers et trois jeunes filles ? [*ceste lande* = la lande où a été proférée la question].)

– Proximité dans le cadre de l'environnement temporel : *cist* désigne le moment le plus proche de son énonciation (*cist jorz* = le jour où est prononcé « *cist jorz* ») ;

– La proximité peut être envisagée dans la séquence même du contexte, à droite ou à gauche :

cataphore :

> De Renart, qui guiler ne fine,
> Tin ge *cest* sens : mout vaut saisine [...]. (*Ren.*, X, 9505.)
> (De Renart, qui ne cesse de tromper, je tiens ce proverbe : mieux vaut tenir [...].)

ou anaphore :

> « Sire, oïl voirement vous connois je bien : vous estes mesire Lanselos. »

Quant Lanselos entent *ceste* parole, il baisse la teste vers tere [...] (*Tr. Pr.*, I, 44.)
(« Seigneur, oui, en vérité, je vous connais parfaitement : vous êtes Monseigneur Lancelot. » En entendant cela, Lancelot baisse la tête [...].)

Il ne faut pas perdre de vue que le repérage s'effectue toujours à partir de l'occurrence du signe.

• Pour comprendre les emplois de *cil*, il faut penser dans le cadre de la binarité : tout ce qui n'est pas *cist* est *cil*. Si *cist* est le signe marqué, *cil* est le signe non marqué. *Cist* comporte le trait *contiguïté*, et *cil* le trait *non-contiguïté*.

C'est sans doute pourquoi *cil* apparaît lorsqu'il réfère à une classe qui échappe à la proximité évoquée pour *cist*. On aura ainsi un emploi de *cil* comme support de déterminant :

– avec complément : *cil de France*, *cil de la Table Ronde*, *cil de la salle*, etc. ;
– avec relative : *cil qui*, etc. :

S'est tressalis tout autressi
Com *cil qui* en soursaut s'esveille. (*J&B*, 480-481.)
(Il a tressailli exactement comme quelqu'un qui se réveille en sursaut.)

(On notera la traduction : « comme quelqu'un qui se réveille », « comme un homme qui se réveille »... Dans cet emploi, *cil* a la valeur d'un indéfini.)

• Dans le cas de *cil*, le rapport entre le signe et le référent n'est pas assuré par le contexte prochain de l'occurrence. Il doit donc être assuré par l'environnement spatio-temporel lointain de l'énonciation.

Le référent à identifier est perçu comme étranger au cadre d'énonciation du signe :

Par cele foi que me devez
et que vos devez mon filloil
que j'oi chanter sus *cel* tilluel. (*Ren.*, III, 4544-4546.)
(Au nom de cette foi que vous me devez ainsi qu'à mon filleul que j'entends chanter sous ce tilleul.)

• *Cil* peut servir à reprendre une occurrence très éloignée du texte (opposition à *cist*).

• Le rapport entre le signe et l'occurrence peut être assuré par d'autres discours. Il est fait appel à un savoir préalablement acquis. C'est le cas pour :

– Le démonstratif emphatique :

> Et après Nymes *cele* bone cité. (*Nîm.*, 452.)
> (Et ensuite Nîmes, cette bonne cité.)

On sait que Nîmes est une opulente cité : savoir commun, notoriété.

– Le démonstratif topique (autrefois appelé démonstratif épique) :

> Ce fu en mai el novel tens d'esté ;
> Florissent bois et verdissent *cil* pré,
> *Ces* douces eves retraient en canel,
> *Cil* oisel chantent doucement et soëf. (*PO*, 39.)
> (C'était en mai, au renouveau de l'été. Les bois fleurissent, les prés redeviennent verts, les douces eaux reviennent dans leur lit, les oiseaux chantent doucement et harmonieusement.)

• On relèvera le cas de *ces* qui neutralise l'opposition *cist-cil*. Le savoir a été acquis par la connaissance de textes littéraires de même genre et on a une évocation conventionnelle du printemps, fréquemment reprise dans la littérature.

• Les formes de la série *cist* ont une aptitude à exercer le rôle de déterminant ; les signes de la série *cil* ont une aptitude particulière à exercer le rôle de pronom. Cette répartition est beaucoup moins nette qu'on a bien voulu le dire. On retiendra toutefois que le trait *contiguïté* qui appartient à *cist* le prédispose à fournir des déterminants démonstratifs. En revanche, le trait *non-contiguïté* qui appartient à *cil,* favorise peu son emploi comme déterminant et le prédispose à l'emploi de pronom.

3.5 Le déterminant possessif

• Possessifs de l'unité :

		Masculin singulier	Masculin pluriel	Féminin singulier	Féminin pluriel
1re pers.	CS	*mes*	*mi*	*ma*	*mes*
	CR	*mon*	*mes*		
2e pers.	CS	*tes*	*ti*	*ta*	*tes*
	CR	*ton*	*tes*		
3e pers.	CS	*ses*	*si*	*sa*	*ses*
	CR	*son*	*ses*		

• Possessifs de la pluralité :

		Masculin singulier	Masculin pluriel	Féminin singulier	Féminin pluriel
1re pers.	CS	*nostre(s)*	*nostre*	*nostre*	*noz, nos*
	CR	*nostre*	*noz*		
2e pers.	CS	*vostre(s)*	*vostre*	*vostre*	*voz, vos*
	CR	*vostre*	*voz*		

La seule différence notable par rapport au français moderne est le phénomène d'élision de l'article féminin singulier devant un nom commençant par une voyelle (*t'ante* : « ta tante »).

Li quens Rollant tint *s*'espee sanglente. (*Rol.*, v. 1629.)
(Le comte Roland tint son épée ensanglantée.)

Exercice 3

Faites les remarques nécessaires concernant la déclinaison.

1. Quant li sires la novele ot. (*Yv.*, v. 4679.)
2. Del gentil conte si est remés un fill. (*Nîm.*, 323.)

3. Dex le confonde, le glorïeus del ciel. (*Nîm.*, 679.)
4. Soleil n'i luist, n'i cort goute de vent. (*PO*, 463.)
5. Par saint Denis qui est mon avoé. (*Nîm.*, 1308.)
6. Home qui aime est plains de desverie. (*PO*, 360.)
7. Vet s'en Guillelmes le marchis au vis fier. (*PO*, 397.)
8. Looÿs, sire, dit Guillelmes le fort. (*Nîm.*, 490.)
9. Oncle, fet il, lessiez vostre folie. (*PO*, 335.)
10. Pintain, ni a mestier celer. (*Ren.*, III, 4218.)
11. Ou, vis deables, se prendroit le charbon ? (*PO*, 1125.)
12. Cest cortil fu mout tres bien clous. (*Ren.*, III, 4085.)
13. Et tu, Harpin, cuvert desmesuré, / Por qu'as ma barbe et mes grenons tiré ? (*Nîm.*, 1367-1368.)
14. Cil n'est pas garçons qui l'a porté a terre. (*MRA*, 19, 38.)
15. Li fel ne criement mais ma guerre. (*Bér.*, 3190.)

3

LES PRONOMS

On trouve dans la classe des pronoms les *représentants*, qui tiennent la place d'un élément du contexte, et les *nominaux*, qui désignent immédiatement un référent (je, tu, pronoms indéfinis).

1. LES PRONOMS PERSONNELS

1.1 Morphologie

Cette opposition existe au sein des pronoms personnels.

Nominaux

		Personnes simples		
		1re	2e	3e
CS		*je* (var. *jo, jou, gé, gié*)	*tu*	
CR	tonique	***mei, moi***	***tei, toi***	***sei, soi***
	atone	*me*	*te*	*se*

	Personnes doubles	
	1re	2e
CS	*nos, nous*	*vos, vous*
CR	*nos, nous*	*vos, vous*

Représentants

		3e pers. du singulier		
		Masculin	Féminin	Neutre
CS		*il*	*ele*	*il*
CR	tonique	***lui***	***li***	
	atone 1	*le* (var. *lo*)	*la*	*le* (var. *lo*)
	atone 2	*li*	*li*	

	3e personne du pluriel	
	Masculin	Féminin
CS	*il*	*eles*
CR tonique	***els, eus***	***eles***
atone 1	*les*	*les*
atone 2	*lor, leur*	*lor, leur*

Formes toniques
Les formes toniques sont indiquées en caractères gras. On oppose les formes atones (par ex. *me*) aux formes toniques (par ex. *moi*). Dans l'histoire de la langue, du latin au français, cette différence morphologique provient d'une réalisation sous l'accent *mé* > *moi* pour la forme tonique, et d'une réalisation non accentuée pour la forme atone : *mé* > *me*.

Notons : l'origine de *els*, *eus* < *illos* ; *lor* < *illorum*. On a également eu la création de *lui* pour le masculin, *li* pour le féminin de la catégorie des représentants au singulier.

Formes prédicatives – formes non prédicatives
Les formes toniques peuvent être prédicatives (*cf.* notre définition au début de l'ouvrage : prédicatif = qui peut faire phrase à soi seul) ou non prédicatives. Les formes prédicatives ont des emplois analogues à celui du substantif (voir *infra* p. 60).

Les formes toniques peuvent être également non prédicatives. Lorsqu'elles sont non prédicatives, elles sont étroitement solidaires du groupe verbal.

➤ *Remarque 1* : Le pronom personnel *il* peut être présent dans les textes sous la forme *i*.

➤ *Remarque 2* : Attention à l'absence d'*s* à la 3e personne du pluriel : *il*.

➤ *Remarque 3* : La confusion entre les formes toniques *lui* (masculin) et *li* (féminin) est fréquente :

[…] certes ce fust trop doulerex domages, car après *li* ne demorast plus preudom el monde. (*MRA*, 38, 21.)
([…] assurément ce serait une terrible perte, car après lui, il ne resterait plus d'homme de sa valeur au monde.)

[…] que ele ne cuidast pas en nule maniere que Lancelos eüst cuer d'amer autre dame que *lui*. (*MRA*, 32, 39.)
([…] car elle n'aurait absolument pas imaginé que Lancelot aurait le désir d'aimer une autre femme qu'elle.)

Enclise du pronom personnel
Il s'agit de la soudure phonétique de deux éléments.

ne + *le* > *nel*
ne + *les* > *nes*
je + *le* > *jel/gel*
je + *les* > *jes*
se + *le* > *sel*
si + *le* > *sil, sel*
si + *les* > *ses*

1.2 Syntaxe du pronom personnel sujet

Aux origines de la langue, le pronom sujet a un statut de mot plein, prédicatif. La syntaxe du pronom personnel sujet et du pronom personnel complément est déterminée par l'exigence de la **place 1** dans la proposition. Cette place doit être occupée par un mot plein, prédicatif : complément, adverbe, sujet nominal ou pronominal. C'est une des fonctions essentielles de l'adverbe *si* que de saturer la place 1. Il faut compter à la **place 2** non seulement le verbe, mais le groupe verbal et les formes faibles du pronom personnel qui sont étroitement solidaires du verbe :

Bien	*t'an croi*. (*Perc.*, 348.)
1	2

Place dans la proposition
La présence en place 1 d'un complément ou d'un adverbe entraîne la

postposition du sujet nominal. Le sujet pronominal est aussi postposé, mais alors il n'est pas exprimé.

En tel maniere conmencha la bataille des deus cevaliers devant la porte du pont [...]. (*Tr. Pr.*, I, I, 55.)
(Ainsi débuta le combat des deux chevaliers devant la porte du pont [...].)

➤ *Remarque 1* : Bien entendu, il n'est pas question de l'interrogation ou de l'ordre. En ancien français comme en français moderne le verbe est placé en tête :

Fustes vos ensi nez ? (*Perc.*, 282.)
(Êtes-vous né ainsi fait ?)

Dites le dont. (*Perc.*, 287.)
(Parlez donc.)

➤ *Remarque 2* : Il faut également mettre à part un tour qui appartient à l'écriture de la chanson de geste mais qui peut se rencontrer dans de nombreux textes. Il indique par exemple qu'un personnage prend la parole :

Respunt Marsilie : « Or diet, nus l'orrum ! » (*Rol.*, 424.)
(Marsile répond : « Qu'il parle, nous l'entendrons. »)

Il peut souligner une action importante dans le récit :

Voit le li rois, encontre s'est dreciez. (*Char. Nîm.*, 722.)
(Le roi le voit, il se met debout en face de lui.)

Il faut retenir que **lorsque le sujet postposé est un pronom personnel, il est omis :**

A tant montent et se partent de la fontainne, k'il n'i font nul autre delaiement. (*Tr. Pr.*, III, VIII, 56.)
(*Ils* montent alors sur leurs chevaux et quittent la fontaine sans plus s'y attarder.)

Si le firent leanz demorer avec eus icele nuit. (*MRA*, 37, 30.)
(*Ils* le firent rester avec eux cette nuit.)

Si vos ai conté come fos
ce c'onques mes conter ne vos. (*Yv.*, v. 579-580.)
(Je vous ai raconté comme un fou ce que je n'avais pour rien au monde l'intention de raconter.)

Cette omission extrêmement fréquente du sujet est l'une des principales difficultés rencontrées par le lecteur. Toutefois, il ne s'agit pas d'une règle absolue et l'on peut trouver un sujet pronominal postposé exprimé :

[…] Or sai *jo* veirement
que hoi murrum […]. (*Rol.*, v. 1935-1936.)
([…] Maintenant je sais avec certitude que nous mourrons aujourd'hui […].)

Statut linguistique

En ancien français, le pronom sujet peut posséder un statut de mot plein, prédicatif et il peut occuper la place 1 :

Il garde en une estroite sante. (*Ren.*, II, 4704.)
(Il jette le regard sur un étroit sentier.)

De même, on peut le trouver après les coordonnants *et*, *ou*, *ne*, *mes* qui ne saturent pas la place 1 et qui ne provoquent aucune modification de l'ordre des mots :

Et ele me mena seoir
el plus bel praelet del monde […]. (*Nîm.*, 236-237.)
(Et elle me conduisit pour m'y faire asseoir dans le plus joli petit pré du monde.)

Les critères qui permettent de conclure à la prédicativité du pronom sujet sont les suivants :

– La possibilité d'occuper la place 1 (mais un nouvel ordre des mots est en train de naître : sujet, verbe, complément, ordre qui sera celui du français moderne et le critère de la place 1 n'est plus décisif dès la fin du XIIe siècle).

– Le pronom sujet peut être séparé du verbe par des mots pleins :

> *Je* meïsmes cil Yvain *sui*. (*Yv.*, 3628.)
> (Je suis en personne cet Yvain.)
>
> s'*ele* le baisier vos *consent*,
> Le sorplus je vos en desfent [...] (*Perc.*, 547-548.)
> (Si elle vous accorde le baiser, je vous interdis le « surplus » [...])

– Il peut être coordonné à un nom ou à un autre pronom :

> Lors se heberja en la ville, *il* et sa gent. (*Villh.*, 269.)
> (Alors, il se logea dans la ville, lui et ses hommes.)

– Il peut être déterminé par des adjectifs, des appositions, des numéraux :

> *il sous* (= il seul) ;
> *il meismes* (= il [lui] en personne) ;
> *il dui* (= eux deux).

– Il peut être antécédent de relatif (dans une relative déterminative ou explicative) :

> Et li un as autres gaboient,
> Fors *il, qui* pensis fu et mu. (*Perc. R.*, 910-911.)
> (Tous plaisantaient sauf lui qui était pensif et muet.)

Comme nous l'avons dit, les coordonnants ne saturent pas la place 1. Il faut donc qu'apparaisse après un coordonnant ou bien un mot plein, prédicatif (adverbe, *si*, complément) ou bien le pronom sujet (naissance de l'ordre des mots de la phrase moderne). Il faut savoir également que tous les subordonnants – conjonctions, locutions conjonctives, relatifs, compléments – ne saturent pas la place 1 dans la proposition subordonnée. On verra très souvent apparaître le pronom sujet dans ce type de proposition pour satisfaire à cette exigence rythmique :

> Car puis que *il* se veut celer,
> je feroie trop grant vilenie. (*MRA*, 24.)
> (En effet, comme il veut se cacher, je ferais une trop laide action.)

1.3 Syntaxe du pronom personnel complément

Règle : Les formes atones sont placées avant le verbe lorsque la saturation de la place 1 est effectuée.

Dans le cas où le pronom personnel complément doit être placé après le verbe, les formes *le*, *la*, *les*, *li, lor* restent inchangées, mais les formes *me*, *te*, *se* sont remplacées par *moi*, *toi*, *soi* qui, dans ce cas, sont toniques sans être prédicatives : *sauve toi*, mais *sauve le*.

Formes non prédicatives

Les formes non prédicatives sont toujours étroitement associées au verbe (elles font partie du groupe verbal) et ont les fonctions d'objet I et II (I = complément d'objet direct ; II = complément d'objet indirect, de destination, d'attribution, d'intérêt). Elles sont atones ou toniques.

Formes non prédicatives atones

À la condition que l'exigence de place 1 soit satisfaite, elles sont placées devant le verbe à la forme atone. Considérons *le* atone dans l'exemple suivant :

> *Je* le vous dis voirement et *encore* le vous di je bien. (*Tr. Pr.*, I, I, 18.)
> (Prop. 1 : place 1 saturée par le pronom sujet *je* ; prop. 2 : place 1 saturée par l'adverbe *encore*.)

➤ *Remarque 1* : Dans le cas de deux pronoms, l'ordre de succession est objet 1, objet 2 :

> Je *le vos* di
> 1 2

En et *i* (*y* en FM) se comportent comme des formes faibles du pronom.

➤ *Remarque 2* : Dans le cas d'une succession de pronoms personnels régimes de la 3e personne, le régime I peut s'effacer. Ainsi :

> *la* + *li* se réduit à *li* ;
> *le* + *li* se réduit à *li* ;

les + *li* se réduit à *li* ;
le + *lor* se réduit à *lor*, etc.

Ainsi :

Yonez l'escu li aporte
Et la lance, puis *si li* baille [= les li]. (*Perc.*, 1190-1191.)
(Yonnet lui apporte l'écu et la lance, et les lui donne.)

Cet effacement est fréquent, en particulier après une phrase au style direct.

[…] Et il *li* otroie. (*MRA*, 21,20.)
([…] et il le lui accorde [*li* pour *le li* ; le pronom personnel *le* qui reprend le contenu des propos est omis].)

Cependant, l'on peut également rencontrer la séquence complète dans ce cas :

Perchevax tout *le li* otroie. (*Perc. R.*, 6480.)
(Perceval lui accorde tout.)

Ha roïne ! Donez *la li* ! (*Bér.*, 3960.)
(Ah, reine, Donnez-la-lui !)

Une construction qu'il faut savoir reconnaître est la remontée du pronom personnel complément de l'infinitif devant le verbe régissant l'infinitif (la place 1 étant saturée).

Or m'enseigniez comment on *le* porra seurprendre en cest afere […]. (*MRA*, 87, 30.)
(Dites-moi donc comment on pourra le prendre en flagrant délit dans cette affaire [*le* = complément de *seurprendre*].)

Formes non prédicatives toniques

Tout en étant étroitement associées au verbe, les formes non prédicatives peuvent être à la forme tonique. Comparons les constructions de l'impératif :

1. Si te sauve.
2. Sauve toi.

En 1, le pronom non prédicatif est réalisé atone (place 1 saturée par *si*) ; en 2, il est réalisé tonique car il termine le groupe verbal. Dans les deux cas, il est étroitement associé au verbe. S'il ne termine plus le groupe verbal, il est à nouveau à la forme atone :

Donez m'en.
Vez me ci.
Dites me voir.

En effet, *en*, *i* (qui ne changent pas de forme), un adverbe ou un complément court peuvent recevoir l'accent du groupe. Le pronom personnel ne passe pas à la forme tonique. On fera la différence avec un exemple comme celui-ci :

Guenes respunt : «*Mei* est vis que trop targe !» (*Rol.*, 659.)
(Ganelon répond : «J'ai l'impression de trop tarder.»)

Mei (moi) occupe la place 1 : c'est une place qui requiert, comme nous l'avons vu, un mot plein, prédicatif. Il faut se garder de confondre un *moi*, *toi*, … non prédicatif accentué et un *moi*, *toi*, en place 1 qui requiert la prédicativité.

➤ *Remarque* : Le pronom régime qui suit la particule présentative *ez* (= voici, de *ecce*), souvent réalisée par erreur *estes* (confusion avec le verbe *être*), doit être interprété comme accentué mais non prédicatif.

Formes prédicatives
Contrairement aux formes non prédicatives, elles ne sont pas étroitement solidaires du groupe verbal. On distingue deux grands types d'emploi.

Après préposition
On voit que dans ces emplois, elles peuvent commuter avec un substantif («avec toi, avec ton père»). La fonction du pronom est indiquée par la préposition.

➤ *Remarque* : La confusion entre les formes prédicatives *lui* et *li* (3e personne singulier, masculin et féminin) se rencontre dans les textes :

Li quens et o *li* la contesse
Oïrent conter sa destrece,
Dont il ne furent mie lié. (*J&B*, 667-669.)
(Le comte avec la comtesse [*o li* = avec lui] entendirent le rapport de son malheur, ce qui ne leur fit pas plaisir.)

Les emplois après préposition représentent la très grande majorité des formes qu'on peut trouver dans un texte.

En fonction d'objet I – II
Les formes prédicatives peuvent avoir la fonction d'objet I et II. On les trouve dans plusieurs cas.

- Saturation de la place 1 :

Guenes respunt : «*Mei* est vis que trop targe !» (*Rol.*, 659.)
(Ganelon répond : «J'ai l'impression de trop tarder.»)

(Dans la proposition, *mei* sature la place 1.)

Dans ce type de construction, il s'agit surtout de verbes unipersonnels qui, en ancien français, ne sont que rarement construits avec le pronom sujet. C'est aussi le cas pour les tours marquant l'indifférence : *moi ne chaut*, *moi que chaut* («que m'importe»). Ce sont d'ailleurs aussi des tours unipersonnels. Même lorsque le pronom n'est pas en place 1, il est prédicatif dans des tours comme : *ce poise* ***moi***, *foi que doi* ***vos***, etc.

On constate l'apparition de formes atones non prédicatives en place 1 derrière coordonnants, subordonnants, à l'initiale absolue. C'est un nouvel ordre des mots qui se met en place et un exemple de cette nature mérite commentaire :

Ou est sa feme ? *la* nos mosterrez vos ? (*PO*, 528.)
(Où est sa femme ? Est-ce que vous nous la ferez voir ?)

La phrase interrogative commence ici par une forme non prédicative et atone.

De même, dans les subordonnées, le pronom personnel non prédicatif atone peut apparaître après l'outil subordonnant :

Gart moi l'argent, tant que *le* voie. (*Bér.*, 3311.)
(Qu'il garde l'argent, pour que je le voie.)

Le pronom personnel prédicatif peut avoir pleine valeur de pronom : expressivité stylistique d'un parallélisme avec un substantif, ou avec un autre pronom, comme dans la célèbre formule :

Sa fame amez, *lui* guerroiez. (*Brut.*, 8673.)
(Sa femme, aimez-la ; quant à lui, faites-lui la guerre.)

• Coordination : la coordination s'effectue le plus souvent entre pronoms prédicatifs : *moi et vous, moi ou lui*, etc.

• Phrase elliptique : dans une proposition elliptique du verbe, c'est le pronom prédicatif qui apparaît :

Ge vos dorrai ma druërie
Vos *moi* la vostre, bele amie. (*Bér.*, 2687.)
(Je vous donnerai mon amour, et vous me donnerez le vôtre, belle amie.)

• Devant les formes nominales du verbe, l'infinitif peut être construit avec préposition :

[…] il n'a celui qui ait pooir *de soi relever*. (*MRA*, 115, 59.)
([…] il n'y en a aucun qui ait la possibilité de se relever.)

La préposition sert à construire l'infinitif : *avoir pooir de*. Le pronom personnel est à la forme prédicative parce qu'il est devant une forme nominale du verbe.

➤ *Remarque* : Dans le cas d'un infinitif exprimant la défense, on a devant l'infinitif un pronom non prédicatif, du type : *nel me celer* («ne me le cachez pas»).

• Quelques constructions particulières :
– Dans le tour *se…non*, le pronom est prédicatif :

Ne n'aimoie rien se *li* non […] (*Perc. R.*, 3848.)
(Je n'aimais personne au monde sinon elle. [*Li* est le pronom prédicatif, 3e personne féminin].)

– Lorsqu'il est dans une comparative à verbe suppléant *faire*. Le verbe *faire* reprend le verbe précédemment exprimé et cette substitution est accompagnée de l'apparition de la forme prédicative du pronom personnel :

> Ge ne hé riens en cest siecle orendroit autretant comme ge faz *lui*. (*MRA*, 59, 8.)
> (Je ne hais rien autant en ce monde que lui.)

– Tours à deux éléments : le pronom prédicatif entre dans un certain nombre de tours à deux éléments : forme en *-ant* : *voiant moi* (« en ma présence »), *oiant eux* (« en leur présence ») ; avec numéral ordinal : *toi tiers* (« toi troisième » = toi avec deux autres), *soi quart* (« avec trois autres »).

➤ *Remarque* : La conquête par le pronom régime prédicatif de situations syntaxiques réservées au pronom sujet est aisément observable dans l'ancien français, par exemple : *moi et vos, oncle, i somes oblïé* (*Nîm*., 39 ; en fonction de sujet, on attendrait : *je* et *vos*).

En conclusion, on peut dire que le pronom régime prédicatif vient concurrencer le pronom sujet. C'est le cas également en tour exceptif et comparatif, en proposition elliptique et en fonction d'attribut du sujet.

2. Les pronoms démonstratifs

L'utilisation des formes *cil* et *cist* a été traitée dans le chapitre précédent (p. 48). Le pronom *ce* (*ço*) est une création de l'ancien français. En dehors de toute détermination de genre et de nombre, il sert à reprendre l'idée signifiée par une phrase précédente ou bien à annoncer une idée qui sera développée par une proposition relative ou complétive. Très fréquemment, il reprend ou annonce une proposition au style direct :

> *Ço* dist li reis : « Guenes, venez avant. » (*Rol*., 319.)
> (Le roi dit : « Ganelon, approchez. »)
>
> Quant *ço* veit Guenes *que* ore s'en rit Rollant [...] (*Rol*., 303.)
> (Quand Ganelon aperçoit que Roland en rit [...])

Ce est ainsi devenu un élément constitutif de nombreuses locutions conjonctives du type *a ce que*, *de ce que*, *por ce que*, etc. Avec le verbe *estre*, il sert à former la tournure présentative *ce est*.

3. Les adjectifs et pronoms possessifs

3.1 Possessifs de l'unité

Masculin

	Singulier	Pluriel
	1re personne	
CS	*li miens*	*li mien*
CR	*le mien*	*les miens*
	2e personne	
CS	*li tuens*	*li tuen*
CR	*le tuen*	*les tuens*
	3e personne	
CS	*li suens*	*li suen*
CR	*le suen*	*les suens*

Féminin

	Singulier	Pluriel
	1re personne	
CS, CR	*la meie, la moie*	*les meies, les moies*
	2e personne	
CS, CR	*la toe, la toue, la teue*	*les toes, les toues, les teues*
	3e personne	
CS, CR	*la soe, la soue, la seue*	*les soes, les soues, les seues*

3.2 Possessifs de la pluralité

Masculin

	Singulier	Pluriel
	1re personne	
CS	*li nostre(s)*	*li nostre*
CR	*le nostre*	*les nostres,* *les noz*
	2e personne	
CS	*li vostre(s)*	*li vostre*
CR	*le vostre*	*les vostres,* *les voz*

3e personne

forme unique : *lor, lour, leur* (précédés de l'article)

Féminin

	Singulier	Pluriel
	1re personne	
CS, CR	*la nostre*	*les nostres,* *les noz*
	2e personne	
CS, CR	*la vostre*	*les vostres,* *les voz*

3e personne

forme unique : *lor, lour, leur* (précédés de l'article)

Emploi comme adjectif

Ces possessifs toniques précédés de l'article peuvent être employés comme adjectifs :

> Car cele part ai je a faire *une moie besogne* qui mout me touce au cuer. (*Tr. Pr.*, VI, 120.)
> (J'ai à régler là-bas une affaire qui me tient fort à cœur.)

La seue amor me destreint et justise. (*PO*, 240.)
(L'amour que j'éprouve pour elle m'oppresse et me tourmente.)

Dans la plupart des cas, il n'y a pas de différence de sens entre une construction avec le déterminant possessif et une construction avec l'adjectif possessif.

Emploi comme pronom
Dans la formation des pronoms possessifs, « c'est l'article qui fonctionne comme un pronom et qui est qualifié par le possessif » (Moignet).

Por coi prist s'ame *sanz la moie* ? (*Perc.*, 3431.)
(Pourquoi a-t-il pris son âme sans la mienne ?)

Mil chevalier i retiennent *des lur*. (*Rol.*, 2442.)
(Ils retiennent mille de leurs chevaliers.)

L'ancien français, contrairement au français moderne, peut utiliser comme pronom une forme courte :

Men escïentre, tu n'ies mie *des noz* ! (*Rol.*, 2286.)
(À ce qu'il semble, tu n'es pas des nôtres.)

4. Qui – que relatif, interrogatif et indéfini

4.1 Morphologie

	Masculin et féminin	Neutre
CS	*ki, qui*	*ke, que*
CR	*ke, que*	*ke, que*
Indirect :	***cui, qui***	***coi, quoi***

(En gras : formes prédicatives.)

4.2 Syntaxe

Syntaxe du relatif
• *Qui* est souvent employé *sans antécédent* pour évoquer une personne

indéterminée, comme dans le proverbe : « Qui va à la chasse perd sa place. »

Ki dunc oïst Munjoie demander,
De vasselage li poüst remembrer. (*Rol.*, 1181.)
(Qui les aurait alors entendu crier « Monjoie ! » pourrait se souvenir d'une belle bravoure.)

Qui peor avra, si s'an fuie ! (*Yv.*, v. 4418.)
(Celui qui aura peur, qu'il s'enfuie !)

La relative seule peut subsister et doit être interprétée alors comme une exclamative :

Ki puis veïst Rollant e Oliver
De lur espees e ferir e capler ! (*Rol.*, 1680-1681.)
(Si l'on avait vu ensuite Roland et Olivier frapper et tailler de leurs épées !)

• *Cui* est confondu avec *qui* dans les textes du XIIIe siècle. Ainsi, après une préposition, un *qui* est un ancien *cui.*

• *Que* a tous les emplois qu'il connaît en français moderne. En ancien français, il peut être employé sans l'antécédent *ce.*

• *Que* est souvent associé à un antécédent comme *tens* (temps), *jor*, *hore* ; par exemple : *cel tens que.*

• *Quoi* : on trouve exceptionnellement *que* avec préposition ; *quoi* est la règle.

E ! malvais deus, por *quei* nus fais tel hunte ?
Cest nostre rei por *quei* lessas cunfundre ? (*Rol.*, v. 2582-2583.)
(Eh ! Mauvais Dieu, pourquoi nous infliger une telle honte ? Pourquoi avoir permis que notre roi fût écrasé ?)

➤ *Remarque* : Le pronom relatif est omis lorsque l'antécédent a le sens d'un indéfini dans des propositions négatives :

N'i a celui n'ait fres hermine blanc. (*PO*, 76.)
(Il n'y en a aucun qui ne soit revêtu de fraîche hermine blanche.)

Tel i a ferai dolent. (*Bér.*, 1244.)
(Il y en a [des hommes] que je vais rendre malheureux.)

Dans l'interrogation
Ces termes sont utilisés dans l'interrogation.

Ki guierat mes oz a tel poeste,
Quant cil est morz ki tuz jurz nos cadelet ? (*Rol.*, v. 2926-2927.)
(Qui pourrait mener mes armées aussi puissamment
Quand est mort celui qui toujours nous a conduits ?)

Si chevalcherent, *que* fereient il plus ? (*Rol.*, v. 2812.)
(Ils chevauchèrent ; que feraient-ils de plus ?)

Il faut, pour compléter le système des interrogatives, y ajouter *ou* (lieu), *quels* (quantité) et *quanz* (nombre).

U est li quens cataignes ? (*Rol.*, v. 2912.)
(Où est le comte, notre capitaine ?)

Quiex hom ies tu ? – Tex con tu vois. (*Yv.*, v. 329.)
(Quel homme es-tu ? – Je suis tel que tu vois.)

Relatif indéfini
Dans cet emploi *qui* et *que* servent à constituer un relatif composé : «qui que ce soit».

Et il le vengera son woel,
*Qui qu'*en ait pesance ne doel,
Se Diex force l'en velt doner. (*Perc. R.*, 2697-2699.)
(Il la vengera selon sa volonté, quelle que soit la personne à en être affligée ou triste, si Dieu veut lui en donner la vigueur.)

Qui indéfini répété a une valeur distributive :

Qui porte hache, *qui* maçue
Qui flael, *qui* baston d'espine. (*Ren.*, I, 655.)
(L'un porte une hache, l'autre une massue...)

L'enchaînement des démonstratifs a la même valeur :

Cel done terre, *cel* chastel, *cel* citez
Cel done vile [...]. (*Nîm.*, 38.)
(À l'un il donne une terre à l'autre une cité [...].)

5. Les pronoms indéfinis

Les pronoms indéfinis que le lecteur peut rencontrer en ancien français lui sont familiers : *uns*, *aucuns*, *autres*, *chascuns*, *plusior*, *tant*, *tels*, *nus*, *riens*, *toz*. Ils se déclinent. On peut ajouter à cet ensemble les composants de la négation : *point*, *pas*, *mie*, *goutte*, *nient*, rencontrés au premier chapitre.

➤ *Remarque* : La forme *trestoz* est un simple équivalent de *toz*.

Et la dame tant les enore
chascun par soi et *toz* ansanble. (*Yv.*, v. 2456-2457.)
(La dame leur fait honneur tant qu'elle peut,
À chacun personnellement et à tous ensemble.)

Moult le desirroient *tuit et totes* a veoir. (*MRA*, 2, 4.)
(Tous et toutes désiraient beaucoup le voir.)

Mes la mescheance se torna plus vers moi que vers *nul* de mes compaignons. (*MRA*, 3, 21.)
(La malchance s'est abattue sur moi plus fortement que sur aucun de mes compagnons.)

Mentionnons enfin l'indéfini disparu en français moderne : *el* < *aliud*, au sens de « autre chose » :

Grans mercis, sire, ne voel *el*. (*J&B*, 150.)
(Grand merci, seigneur, je ne veux pas autre chose.)

Exercice 4

Dans les exemples suivants, entourez d'un cercle les formes prédicatives, soulignez les formes non prédicatives toniques du pronom personnel complément et justifiez.

1. [...] Et si dist por moi enseignier / Que por aus [eux] se doit on seingnier. (*Perc.*, 117-118.)

2. Cuide moi Amors metre an voie ? (*Clig.*, 510.)
3. Et quant vos la amont venrez, / Devant vos en un val verroiz / Une maison […]. (*Perc.*, 3031-3033.)
4. Faites moi chevalier, fait il […]. (*Perc.*, 972.)
5. Garde toi de lui, se tu aimmes de riens ta vie […]. (*Tr. Pr.*, I, XIII, 174.)
6. Li vallés […] / A une pucele veüe / Bele et gente, si le salue, / et ele lui […]. (*Perc.*, 1034-1036.)
7. Savoir le voel, dites le moi. (*J&B*, 726.)
8. Si feras tu, foi que doi toi. (*J&B*, 1246.)
9. Et quant li rois Hoël voit k'il ne veut laissier cest passage pour lui, il li adrece tout maintenant la teste du ceval et le fiert en son venir si durement k'il abat lui et le ceval en mi lieu du part […]. (*Tr. Pr.*, VIII, 140.)
10. Mandai toi, et or es ici. (*Bér.*, 94.)
11. Devant le palais fu asise / la reïne por lui atandre. (*Perc.*, 8716-8717.)
12. Tenez moi bien a mon ami. (*Bér.*, 160.)
13. Ge monterai sor mon destrier, / O moi merrai mon escuier. (*Bér.*, 2443-2444.)
14. Si li redist ce que lui plot. (*Yv.*, 3896.)

LE VERBE

1. Morphologie

1.1 L'indicatif

Le présent

• Premier groupe : *-er* (type *demander*) :

demant
demandes
demande
demandons
demandez
demandent

On remarque que la consonne du radical *d* se renforce en sourde correspondante lorsqu'elle est devenue finale (règle *d* > *t*, *v* > *f*, *b* > *t*). La première personne correspond alors au radical.

• Second groupe : *-ir* (participe *-issant*, type *fenir*) :

fenis
fenis
fenist
fenissons
feniss(i)ez
fenissent

• Troisième groupe : autres infinitifs :

Dire	Faire	Plaisir	Aller
di	*faz*	*plaz*	*vois*
dis	*fes, fais*	*plais*	*ves, vais, vas,*
dit	*fet, fait*	*plaist*	*vet, vait, va*

dimes	*faimes*	*plaisons*	*alons*
dites	*faites*	*plaisez*	*alez*
dient	*font*	*plaisent*	*vont*

Les verbes *faire*, *plaisir* et *taisir* («taire») réalisent leur première personne de l'indicatif en *faz*, *plaz* et *taz*.

Quelques difficultés

• L'alternance vocalique : elle résulte du changement de nombre des syllabes, et par conséquent du déplacement de l'accent tonique dans la conjugaison latine. Le mécanisme est le même qu'en français moderne (*cf.* les verbes du type *lever*, *pouvoir*, etc.).

Lever	Ferir	Savoir	Mouvoir
lief	*fier*	*sai*	*muef*
lieves	*fiers*	*ses*	*mues*
lieve	*fiert*	*set*	*muet*
levons	*ferons*	*savons*	*movons*
levez	*ferez*	*savez*	*movez*
lievent	*fierent*	*sevent*	*muevent*

À titre d'exemple, voici d'autres alternances :

– aimer : *aim, aimes, aime, amons, amez, aiment ;* clamer : *claim, clamons,* etc. ;
– plorer : *pleur/plorons* ;
– parler : *parol/parlons* ;
– manger : *manju/mangeons* ;
– aidier : *aiu/aidons* ;
– trover (prover, rover) : *truis, trueves, trovons, truevent* ;
– morir : *muir, muers, muert, morons, morez, muerent.*

• Quatre verbes importants :

Estre	Avoir	Pooir	Voloir
sui	*ai*	*puis*	*vueil*
ies, es	*as*	*puez*	*vuels, vuelt, vueus*
est	*a*	*puet*	*vuelt, vueut, veut*

somes	*avons*	*poons*	*volons*
estes	*avez*	*poez*	*volez*
sont	*ont*	*pueent*	*vuelent*

L'imparfait

Exemple : *chanter* :

Nord	Forme généralisée	Est
chantoue, chantoe	*chanteie, chantoie*	*chanteve*
chantoues, chantoes	*chanteies, chantoies*	*chanteves*
chantout, chantot	*chanteit, chantoit*	*chanteve*
	chantiiens, chantiions	
	chantiiez	
chantouent, chantoent	*chanteient, chantoient*	*chantevent*

➤ *Remarque 1* : Pour l'imparfait du verbe, voir le tableau du futur.

➤ *Remarque 2* : Le tréma correspond à un dissyllabisme dont tient compte la versification (*chantïons = chantiions = chan-ti-ions*). Il en va de même pour le conditionnel.

Le passé simple

Parfaits faibles

La terminaison est accentuée à toutes les personnes : il n'y a pas de changement du radical. Les parfaits faibles sont de trois types :

- **a**. verbes du premier groupe ;
- **b**. et **d.** parfaits faibles en *-i* ;
- **c.** parfaits faibles en *-ui*.

a. Chanter	**c.** Estre
chantai	*fui*
chantas	*fus*
chanta	*fu*

chantames	*fumes*
chantastes	*fustes*
chanterent	*furent*

b. Dormir	**d**. Entendre
dormi	*entendi*
dormis	*entendis*
dormi	*entendiet*
dormimes	*entendimes*
dormistes	*entendistes*
dormirent	*entendierent*

a. Ce type (verbes du 1er groupe) est très proche du français moderne.
b. Les parfaits faibles en *-i* : pas de remarques particulières à faire si ce n'est l'absence de *t* à la 3e personne du singulier (ce qui les oppose aux parfaits forts en *-i*).
c. Ce type (parfaits faibles en *ui*) possède une conjugaison entièrement alignée sur celle du verbe *estre* ; se conjuguent sur ce modèle : *estre-fui* ; *corre-corui* ; *doloir-dolui* ; *morir-morui* ; *paroir-parui* ; *voloir-volui*.
d. Ce type de conjugaison est né des parfaits latins en *-dedi*. Très rapidement, les personnes *entendiet* et *entendierent* deviennent *entendi* et *entendirent*. Rien ne sépare plus alors la conjugaison de ces verbes des parfaits faibles en *-i* (type *dormi*). Autres verbes courants de cette conjugaison : *rendre* et *respondre*.

Parfaits «forts»
Définition : un parfait fort est un parfait accentué trois fois sur le radical (1, 3, 6) et trois fois sur la terminaison (2, 4, 5). On a des parfaits forts en *-i*, en *-si*, et des parfaits forts en *-ui* (si l'on fait référence au classement des verbes en latin).

- Parfaits en *-i* :

Veoir	Venir (tenir)	Faire (> *feci*)
vi	*vin*	*fis*
veïs	*venis*	*fesis/feïs*
vit	*vint*	*fist*

veïmes	*venimes*	*fesimes/feïmes*
veïstes	*venistes*	*fesistes/feïmes*
virent	*vindrent*	*firent (fistrent)*

Parfait en *-i* en latin, *faire* a une première personne avec *-s*.

- Parfaits en *-si* :

Dire (> *dixi*)	Metre (> *misi*)
dis	*mis*
desis/deïs	*mesis, meïs*
dist	*mist*
desimes/deïmes	*mesimes, meïmes*
desistes/deïmes	*meistes, meïstes*
distrent/dirent	*misdrent, mistrent, mirent*

Les parfaits en *-i* n'ont pas de *s* à la première personne. Le *s* de *fis* est le produit d'une évolution phonétique.

Les parfaits en *-si* ont un *s* à la première personne. La disparition du *s* intervocalique (sur le type *vi*, *veïs*) donne naissance aux formes secondes avec hiatus dans les verbes en *-s* : *meis*, *meïmes*, *meïstes*.

Autres formes de ce type de conjugaison :
– duire : *duis, duisis, duist, duisimes, duisistes, duistrent* ;
– traire : *trais, traisis, traist, traisimes, traisistes, traistrent* (on trouve au XIIe siècle la graphie *trest…, trestrent*).

➤ *Remarque 1* : Le verbe *vouloir* possède à la fois un parfait en *-i* et un parfait en *-si* :

Parfait en *-i*	Parfait en *-si*
voil	*vols, vous, vos*
volis	*volsis, vousis, vosis*
volt	*volst, vout, vost*
volimes	*volsimes, vousimes, vosimes*
volistes	*volsistes, vousistes, vosistes*
voldrent	*volstrent, voustrent, vostrent*

➤ *Remarque 2* : À la troisième personne du pluriel, on constate une alternance des formes *-sdrent* et *-strent*. Si la consonne *s* du latin est intervocalique, on a *-sdrent* :

miserunt > *misdrent* ; **seserunt* > *sisdrent*.

Si la consonne *s* du latin est précédée de consonne, on a *-strent* :

dixerunt > *distrent* ; **volserunt* > *volstrent*.

Des échanges peuvent se produire entre *-sdrent* et *-strent*.

➤ *Remarque 3* : Un classement des formes du passé simple a été effectué à partir de la conjugaison latine. Un classement en synchronie des formes de l'ancien français permettrait d'opposer *vi*, *teni*, *voil*, formes sans *-s* de la première personne, à *fis*, *dis*…

• Parfaits en *-ui* :

– Verbes à radical en *-a* (*avoir*, *savoir*, *plaisir*, *paistre*, *taisir*) et le verbe *pooir* à radical *o* :

Avoir (<*habui*)	Pooir (<*potui*)
oi	*poi*
oüs/eüs	*poüs/peüs*
out, ot	*pout/pot*
oümes/eümes	*poümes/peümes*
oüstes/eüstes	*poüstes/peüstes*
ourent, orent	*pourent/porent*

– Verbes à radical en *-o* du latin (*conoistre*, *movoir*, *nuisir*, *estovoir*, *plovoir*) :

Conoistre	
conui	*coneümes*
coneüs	*coneüstes*
conut	*conurent*

* Pour le latin populaire.

– Verbes à radical en *-e* ou *-i* du latin (*boivre*, *croire*, *ester*, *gesir*, *lire*, *loisir*, *croistre*, *devoir*) :

Boivre

bui
beüs
but
beümes
beüstes
burent

Le futur

Comme en français moderne, le futur est formé à partir de l'infinitif latin du verbe auquel s'ajoute la terminaison réduite provenant du présent du verbe *avoir* : *-ayyo*, *-as*, *-at*, *-ons*, *-ez* (*-oiz*), *-ont*. Elle est toujours accentuée.

Cantare + ayyo (etc.)	Morire + ayyo
chanterai	*morrai*
chanteras	*morras*
chantera	*morra*
chanterons	*morrons*
chanterez/chanteroiz	*morrez*
chanteront	*morront*

Le verbe *être* fait véritablement difficulté :

Imparfait	Futur
ere, iere	*er, ier*
eres, ieres	*ers, iers*
ere, iere, ert, iert	*ert, iert*
eriens, erions	*iermes*
eriiez	...
erent, ierent	*erent, ierent*

Le jeu de l'accent a créé au sein de chaque paradigme une opposition **diphtongaison/non-diphtongaison** : *ere* opposé à *iere* comme *ert* à *iert*…

La similitude des formes, notamment à la troisième personne du singulier, a entraîné des confusions (c'est un piège pour le débutant). Pour éliminer cette difficulté, un nouvel imparfait a été créé : *estoie*, *estoies*, *estoit*, *estiiens* (*estïons*), *estïez*, *estoient*, ainsi qu'un nouveau futur : *serai*, *seras*, *sera*, *serons*, *serez* (*seroiz*), *seront*.

1.2 Le conditionnel

Composition : radical du futur + désinences de l'imparfait : *habebam* > -*ḗa*, -*ḗas*, -ḗat, -*eā́mus*, -*eā́tis*, -*ḗant* : *chanteroie*, *chanteroies*, *chanteroit*, *chanterïens*/*chanterïons*, *chanterïez*, *chanteroient*.

Comme pour l'imparfait, on a un dissyllabisme de la désinence aux deux personnes du pluriel : *i-ions*, *i-iez*.

1.3 Le subjonctif

Le présent

On a remarqué que *z* prononcé *ts* est produit par la rencontre d'un *t*/*d* + *s*.

- Premier groupe : *demant*, *demanz*, *demant*, *demandons*, *demandez*, *demandent*.

Identité de forme pour la première personne de l'indicatif présent et du subjonctif présent.

- Second groupe : *fenisse*, *fenisses*, *fenisse*, *fenissiens*/*ions*, *fenissiez*, *fenissent*.

Quelques formes difficiles :

Estre	Avoir	Vouloir
soie	*aie*	*vueille*
soies	*aies*	*vueilles*
soit	*ait*	*vueille*
soiiens/*soions*	*aiiens*/*aions*	*voilliens*
soiiez	*aiiez, aiez*	*voilliez*
soient	*aient*	*vueillent*

Doner	Dire
doinse/doigne	*die*
doinses/doignes	*dies*
doinse, doinst, doint/doigne	*die*
doinsons, doignons	*diiens, dions*
doinsiez, doigniez	*di(i)ez*
doinsent/doignent	*dient*

Le subjonctif a *-iens* ou *-ons* comme désinence de la première personne du pluriel. Il ne connaît absolument pas *-ions* (XIVe siècle).

L'imparfait du subjonctif

Il est issu non de l'imparfait mais du plus-que-parfait latin (*cantavissem* > **cantassem*). Il est très facile de retrouver l'imparfait du subjonctif à partir du passé simple :

– *tu chantas > tu chantasses.*
– *tu eüs > tu eüsses.*

Premier groupe Chanter (chantas + *se*)	Second groupe Choisir (choisis + *se*)
chantasse	*choisisse*
chantasses	*choisisses*
chantast	*choisist*
chantissons	*choisissons*
chantissez	*choisissez*
chantassent	*choisissent*

Attention aux terminaisons en *-issons*, *-issez* pour le premier groupe.
Quelques formes pour illustrer ce temps du subjonctif :

Estre	Avoir
fusse	*eüsse*
fusses	*eüsses*
fust	*eüst*
fussons/iens	*eüssons/iens*

fussez/iez	*eüssez/iez*
fussent	*eüssent*

Vouloir	Veoir
volsisse, vousisse/volisse	*veïsse*
volsisses	*veïsses*
volsist	*veïst*
volsissons/iens	*veïssons/iens*
volsissez/iez	*veïssez/iez*
volsissent	*veïssent*

2. Syntaxe

2.1 La voix

Voix active

La voix active de l'ancien français ne fait pas grande difficulté. On notera que la répartition des auxiliaires *avoir* et *être* n'est pas aussi rigoureusement établie qu'elle l'est en français moderne. On a ainsi pour le verbe *mourir* :

– l'auxiliaire *être* comme en français moderne :

Morz est Rollant. (*Rol.*, 2397.)

– un verbe conjugué avec l'auxiliaire *avoir* peut avoir un sens différent :

Or *vos ont mort* Sarrazin et Persant. (*PO*, 1712.)
(À présent, les Sarrasins et les Persants vous ont tués.)

Voix passive

Elle est formée comme en français moderne de l'auxiliaire *être* et du participe passé (le complément d'agent est introduit à l'aide de *par* et de *de* ; *cf.* Prépositions). En revanche, l'infinitif à valeur passive n'en prend pas toujours la forme :

Filz a putain, dines de pandre [= d'estre pendu] (*Ren*, 1458).

Cette indifférence de l'infinitif à la voix peut entraîner des difficultés dans la compréhension d'une phrase.

Voix pronominale

Elle signifie une synthèse d'activité et de passivité du sujet. Elle est caractérisée par la présence d'un pronom régime. Elle connaît les effets de sens du français moderne :

– Réfléchi : c'est le type du français moderne «se laver». Le sujet est l'objet d'une action qu'il pourrait appliquer à un autre objet.
– Réciproque : le sujet est au pluriel. Chacun est origine et but du procès, type français moderne «ils s'embrassent». Le préfixe *entre* s'ajoute au verbe à la voix pronominale pour exprimer sans ambiguïté la réciprocité :

> En ce point Amours les assamble
> Et fait tant que il sont ensamble ;
> Puis *s'entrebaisent* et acolent
> Et doucement *s'entreparolent*. (*J&B*, 1511-1514.)
> ([...] ils se donnent des baisers et s'embrassent, et se parlent doucement.)

– Moyen : ce nom est donné par certains grammairiens à l'effet de sens suivant : à la voix pronominale, le verbe offre un sens sensiblement différent de celui que comporte le verbe simple : *penser* = réfléchir, différent de *soi penser* = se préoccuper ; *morir* = mourir, différent de *soi morir* = être en train de mourir. Dans les textes, ces tours sont d'une interprétation délicate.

➤ *Remarque* : Le pronominal de sens passif existe dans les plus anciens textes : *Car amors ne se puet celer* (*Bér*., 575) : «Car Amour ne peut être dissimulé [= on ne peut dissimuler l'amour]».

2.2 L'aspect

En ancien français existe une série de formes composées qui s'opposent à une série de formes simples : les formes composées traduisent l'aspect, à savoir le procès accompli. Ainsi le passé composé est un présent accompli, c'est-à-dire qu'il exprime une action accomplie dans le passé, mais dont les conséquences durent encore. Il peut par conséquent avoir une valeur de passé immédiat :

> Ore *ai je* molt mal *esploitié*,
> Qui dis que c'estoient deable. (*Perc. R.*, 140-141.)
> (J'ai bien mal fait à l'instant en disant que c'étaient des diables.)

➤ *Remarque 1* : Ce passé composé, présent accompli, peut être employé comme présent historique accompli, entraînant par là des phénomènes de concordance au passé.

➤ *Remarque 2* : L'accomplissement de l'action constitue une antériorité du point de vue de la pensée logique. C'est pourquoi le présent accompli peut devenir un temps du passé et être employé à la place du passé simple. Cette évolution est commencée au Moyen Âge.

Il existe des verbes qui, en plus de l'opposition accompli/inaccompli, permettent d'apporter des précisions concernant l'aspect de l'événement.

Imminence de l'événement

> Li empereres li tent sun guant, le destre ;
> Mais li quens Guenes iloec ne volsist estre.
> Quant le *dut* prendre, si li caït a tere. (*Rol.*, 331-333.)
> (L'empereur lui tend son gant, le droit ; mais le comte aurait voulu ne pas être là : quand il fut sur le point de le prendre, il [lui] tomba à terre.)

Événement sur le point de se réaliser

Mais l'événement imminent peut ne pas se réaliser ; on a alors l'effet de sens de « faillir, manquer de » :

> Il vos navra d'un javelot,
> Sire, dont tu *deüs* morir. (*Bér.*, 856-857.)
> (Il t'a blessé avec un javelot, ce dont tu fus sur le point de mourir [= ce dont tu as failli mourir].)

Entrée dans l'événement
Prendre a + infinitif, *comencier*, *encommencier a* :

Sur un lit *se prent a complaindre*
D'amours qui li fait couleur taindre. (*J&B*, 503-504.)
(Sur un lit, il se met à se plaindre d'Amour qui le fait changer de couleur.)

On peut trouver également une construction unipersonnelle avec le verbe *venir a* :

Qant ce *vendra au departir*
Ge vos dorrai ma drüerie. (*Bér.*, 2686-2687.)
(Au moment de la séparation, je vous donnerai un gage d'amour.)

Déroulement de l'action
Il est traduit par la périphrase *aler* + forme en *-ant* (gérondif) :

[…] Et li chevax sans demoree
S'en *vait fuiant*, teste levee. (*Perc.*, 4245-4246.)
(Et le cheval sans plus attendre s'enfuit, encolure levée.)

Mais le verbe *aler* pourra également se construire avec des verbes excluant toute idée de mouvement.

Avec *être* + *-ant* on a un tour de sens analogue :

Karles l'entent, ki *est* as porz *passant* […] (*Rol.*, 1766.)
([…] qui est en train de passer.)

Fin de l'événement
Laisser a + infinitif, *finer de* = cesser de. On les trouve le plus souvent à la forme négative ; ils signifient alors la continuité de l'action :

De chevauchier ne cessent ne ne finent
Tant que il vinrent en la cité d'Aufrique. (*PO*, 1270-1271.)
(Ils ne cessent ni n'arrêtent de chevaucher jusqu'au moment où ils arrivent dans la cité d'Afrique.)

Événement qui se répète
L'événement habituel est traduit par le verbe *soloir* :

Lors li remembre de grant jolivetě
Que il *soloit* en France demener. (*PO*, 52-53.)
(Alors, il se souvient de la vie de plaisir qu'il avait l'habitude de mener en France.)

2.3 Les modes nominaux

Ils ne comportent ni marques de temps, ni marques de personnes. Il s'agit de l'infinitif, de la forme en *-ant* et du participe passé. Le pronom personnel complément placé devant les verbes à ces modes est à la forme prédicative (*cf.* pronom).

L'infinitif

L'infinitif, qui est une forme nominale du verbe, peut fonctionner tantôt comme un substantif, tantôt comme un élément verbal. Sans avoir les marques du substantif, l'infinitif nominal de l'ancien français connaît tous les emplois qui sont ceux du français moderne.

• L'infinitif substantivé prend le genre masculin et reçoit les marques de la déclinaison *s/ø/ø/s* :

li baisiers	*li baisier*
le baisier	*les baisiers*

Il est d'un emploi très fréquent en ancien français :

Ja *li corners* ne nos avreit mester. (*Rol.*, 1742.)
(Sonner du cor ne vous serait d'aucun secours.)

Une construction particulière fait appel à l'infinitif substantivé, il s'agit du tour exclamatif :

Seigneur, fet il, *or del monter* ! (*MRA*, 94, 8.)
(Seigneurs, dit-il, à cheval !)

• L'infinitif nominal n'offrant pas de grandes difficultés de lecture, nous nous bornons à indiquer ses fonctions : sujet, objet, complément d'adjectif (*las de chevauchier*) ou de substantif (*tens de mangier*), une grande diversité de compléments circonstantiels (destination, cause, but, etc.).

➤ *Remarque* : L'infinitif peut être considéré comme un objet dans le tour *n'a que* + infinitif, très fréquent en ancien français :

> [...] *n'a* entre'aus deus *que corrocier*. (*Ren.*, III, 4020.)
> ([...] il n'y a chez tous deux que de la colère.)

• L'infinitif avec des verbes comme *pooir* («pouvoir»), *devoir*, *vouloir*, *savoir*, peut être construit avec une préposition ou non, sans modification du sens : *savoir respondre*, *savoir a respondre*.

• L'infinitif verbe de la proposition :

– impératif négatif :

> Sire cumpainz, amis, *nel dire* ja ! (*Rol.*, 1113.)
> (Sire compagnon, mon ami, ne dites jamais cela !)

– interrogation indirecte :

> Dist Oliver : «Jo nel sai *cument* quere.» (*Rol.*, 1700.)
> (Olivier dit : «Je ne sais comment lui adresser un appel.»)

La forme en *-ant*

Accompagnant le verbe *aler* ou le verbe *ester*, la forme en *-ant* permet d'envisager l'action en cours. Il est très difficile sinon impossible d'opposer, comme on le fait en français moderne, participe présent et adjectif verbal, car tous deux se déclinent. La forme en *-ant* non déclinée fonctionne comme notre gérondif :

> Asez est mielz que moerium *cumbatant*. (*Rol.*, 1518.)
> (Il vaut beaucoup mieux que nous mourions en combattant.)

On trouvera ce gérondif, parfois non relié au sujet, introduit par les prépositions *ø*, *a*, *en* :

> Et *en dormant* et *en veillant* il voit tous jours madame Yseut [...].
> (*Tr. Pr.*, I, 150.)
> (Et endormi et éveillé il voit toujours Madame Yseut [...].)

Il nous est resté une construction avec *a* : «à son corps défendant». Dans cet emploi, la forme en *-ant* a une valeur de complément circonstantiel. On retiendra l'utilisation de la préposition *por* + forme en *-ant* à valeur concessive :

Ne vos leroie *por* les membres *perdant*. (*PO*, 1427.)
(Je ne vous abandonnerais, même si je devais y perdre mes membres.)

➤ *Remarque* : Beaucoup de formes en *-ant* sont devenues des noms : vivant (de mon vivant), semblant, convenant...

Le participe passé

Le participe passé présente le procès entièrement accompli. Avec les auxiliaires *estre* et *avoir*, il permet de former les temps de l'accompli ainsi que la voix passive. Dans le français du Moyen Âge, le participe passé employé avec le verbe *estre* s'accorde normalement avec le sujet ; avec l'auxiliaire *avoir*, l'accord se fait généralement avec l'objet.

Dist li chetis : «Folie *avez pensee*.» (*PO*, 307.)
(Le prisonnier dit : «Vous avez pensé une folie.»)

2.4 Les modes personnels et temporels

L'indicatif

C'est le mode qui donne une image du temps ordonné en présent, passé, futur :

passé simple	présent	futur
imparfait		futur hypothétique

Le présent

Il signifie l'instant de la parole du locuteur. Le présent sert aussi à exprimer une action vraie dans tous les temps :

Home qui *aime est* plains de desverie. (*PO*, 360.)
(L'homme amoureux est plein de folie.)

Le présent historique existe en ancien français et alterne très librement avec le passé simple. Le traducteur doit alors choisir l'unité car cet écart est difficilement admissible en français moderne. Le passé composé peut intervenir comme un accompli du présent historique.

Le passé simple ou prétérit défini

Le passé simple traduit un passé révolu. Il ne contient aucune part d'accompli. Il est identique au passé simple du français moderne. La seule différence notable est qu'il peut représenter :

– des actions qui durent :

> Un algier *tint*, ki d'or fut enpenet. (*Rol.*, 439.)
> (Il tenait un javelot dont l'empenage était d'or.)

– des qualités ou des états permanents. Il est utilisé dans la description :

> Longue *fu* et droite et greslete,
> De piés et de gambes bien faite.
> Ne *fu* trop crasse ne trop magre… (*J&B*, 353-355.)

> En cel tens *tint* Hoilas la tere,
> Sovent en peis, sovent en guere. (*Lais*, Guingamor, 27-28.)
> (À cette époque Hoilas exerçait son autorité sur le territoire qui connaissait tantôt la paix, tantôt la guerre.)

Le passé simple est utilisé avec un certain nombre de verbes traduisant une action qui peut être prolongée, tels que *estre*, *tenir*… (verbes imperfectifs). Tout se passe comme si l'aspect imperfectif du verbe l'emportait sur l'aspect perfectif signifié par le passé simple.

L'imparfait

Il comporte en lui une part d'accompli et il est utilisé pour signifier la durée pendant laquelle intervient un événement.

> Un jour, si comme il *ceminoit*,
> Ataint un conte ki *venoit*
> De besoignier devers la mer… (*J&B*, 117-119.)
> (Un jour, comme il cheminait, il rejoignit un comte qui venait du côté de la mer où il avait eu à faire.)

Il permet de traduire l'état, la situation dans le passé :

En la forest du Marés *avoit* une montaigne grans et merveilleuse, u il *avoit* desus fermé un castel mout anchien. Bien *avoit* .CC. ans u plus k'il *avoit* esté fermés ; ne en cel castel n'*avoit* li rois March que commander, car un gaians en *estoit* sires. (*Tr. Pr.*, I, XIV, 177.)
(Dans la forêt du Marés, il y avait une grande et étrange montagne sur laquelle était établi un château très ancien. Il y avait bien deux cents ans ou plus qu'il avait été établi ; et dans ce château le roi Marc n'avait pas d'ordres à donner, car un géant en était le maître.)

Comme on le voit, l'imparfait conquiert les positions tenues jusqu'alors en ce domaine par le passé simple.

Le futur
Le futur catégorique n'amène pas de remarques. En revanche, le futur hypothétique ou forme en *-roie* se rencontre dans la subordonnée hypothétique d'un système hypothétique relatif au présent-futur.

Car se vous plus demouriiés,
Moi et vous honis avriiés. (*J&B*, 1881-1882.)
(Car si vous restiez ici davantage, vous nous feriez honnir tous deux.)

Le subjonctif
À la différence de l'indicatif qui comporte un présent permettant la représentation du temps au passé, au présent et au futur, le subjonctif comporte un présent tourné vers le **présent-avenir** et un imparfait orienté vers le **passé**. Afin de retenir cela, opposons le présent dans le souhait (avenir) : « Vive la France ! » au regret (passé) : « Plût au ciel que je n'aie pas entrepris ce voyage ! »

Il est commode d'opposer, comme l'a fait Gérard Moignet, le présent d'orientation prospective à l'imparfait de valeur rétrospective. En fait, il semble que l'imparfait renvoie à une représentation indivise du temps. Ce sont les idées virtualisantes (à travers lesquelles l'esprit envisage l'action) qui entraînent le subjonctif. Elles sont implicites dans le cas des propositions indépendantes, explicites dans le cas des subordonnées (par exemple, dans une complétive, le verbe introducteur traduit l'idée regardante).

Le subjonctif dans les indépendantes (idée implicite)

- Le souhait :

Dient Franceis : « Damesdeus nos *aït* ! » (*Rol.*, 3358.)
(Les Français disent : « Que le Seigneur Dieu nous vienne en aide ! »)

- Le regret :

Et pleüst Dieu que il *l'eüst*
Espousee ! (*Perc.*, 9057.)
(« Plût au ciel qu'il l'eût épousée ! »)

Car *fusse* je or autretex,
ensi luisanz et ensi fez ! (*Perc.*, 178-179.)
(Si seulement j'étais semblable à eux, brillants et constitués comme ils le sont !)

- L'ordre ou le souhait à la 3e personne :

Ki or ne voelt a mei venir *s'en alt* ! (*Rol.*, 3340.)
(Que celui qui ne veut pas venir avec moi s'en aille !)

- La valeur hypothétique du subjonctif imparfait : le subjonctif imparfait se rencontre avec la valeur d'un irréel du présent ou du passé. Dans le *Tristan* de Béroul, le roi Marc contemple les deux amants :

Se il *s'amassent* folement
Ja n'i *eüssent* vestement. (*Bér.*, 2007.)
(S'ils s'aimaient d'un amour déraisonnable, ils n'auraient pas de vêtements.)

Sempres *caïst*, *se* Deus ne li *aidast*. (*Rol.*, 3439.)
(Il serait tombé si Dieu ne l'avait aidé.)

Très vite on a l'accompli (plus-que-parfait) dans l'une des propositions du système :

Sem *creïsez, venuz* i *fust* mi sire. (*Rol.*, 1728.)
(Si vous m'aviez cru, mon seigneur serait venu.)

Le plus-que-parfait s'emploiera dans les deux propositions du système hypothétique pour exprimer l'irréel du passé. Ces emplois du subjonctif, improprement appelés conditionnels passés 2e forme, subsistent dans le français moderne (*cf.* le détail des systèmes hypothétiques *infra* p. 101-106).

Le subjonctif dans les complétives (idée regardante explicite, traduite par le verbe introducteur)
Le sens de ces verbes régissants virtualise l'idée signifiée dans la complétive. On notera donc :

– la volition : *voloir*, *desirer*, *plaire* ;
– le commandement, la prière : *commander*, *proier* ; on remarquera que le verbe *dire* peut soit être un verbe purement déclaratif, soit comporter une idée de volition :

> Ma mere *m'enseigna et dist*
> *Que* les puceles *saluaisse*
> En quel que liu que jes trovaisse. (*Perc.*, 684-685.)
> (Ma mère m'enseigna et me dit de saluer les jeunes filles quel que soit l'endroit où je pourrais les rencontrer) ;

– le conseil : *loer*, *conseillier*… ;
– la crainte : *criembre*, *doter*, *redoter*, *avoir paor*… ;
– la défense : *veer*, *defendre*… ;
– la nécessité : *estovoir* (falloir), *convenir*… ;
– enfin, les verbes factitifs : *faire*, *doner*, *otroier*, *garder*, *laissier*, *remanoir*, *garir*, *garder*… Ces verbes comportent une idée de résultat à atteindre, de volition, ce qui entraîne le subjonctif dans la subordonnée :

> Que qu'aveigne de la bataille
> *Gardez que l'en ne m'i conoisse*. (*Yv.*, 3724-3725.)
> (Quelle que soit la tournure prise par la bataille, veillez à ce qu'on ne me reconnaisse pas.)

L'altération des idées regardantes actualisantes
Les verbes d'existence, d'événement, de perception, de connaissance, d'énonciation amènent l'indicatif dans la proposition subordonnée qu'ils introduisent. Toutefois, la négation, l'interrogation et l'hypothèse altèrent

l'idée regardante actualisante. La subordonnée est alors au subjonctif. Gérard Moignet emploie l'expression de « subordination critique ».

• La négation du verbe régissant entraîne le subjonctif dans la subordonnée :

Il *ne poet estre* qu'il *seient* desevrez. (*Rol.*, 3913.)
(Il ne peut se faire qu'ils soient séparés.)

• L'interrogation portant sur le verbe régissant amène le subjonctif dans la complétive :

Puet estre voir
Que ensi *seit* ? (*Troie*, 25426.)
(Peut-il être vrai que les choses soient ainsi ?)

• L'hypothèse :

*S'*or *oiez que ne die* bien,
Ne m'en creez de nule rien. (*Bér.*, 2533.)
(Si vous jugez que je parle mal, n'ajoutez aucune foi à mes propos.)

➤ *Remarque 1* : Avec *cuidier*, *croire*, *penser*, verbes d'opinion et de croyance, on ne trouve généralement l'indicatif dans la subordonnée que lorsqu'ils sont à la première personne du présent de l'indicatif :

Je *cuit* bien que tu *as* ancores
un autre non [...] (*Perc.*, 346-347.)
(Je pense que tu as un autre nom encore.)

Cil *cuida* que voir li *deïst*. (*Perc.*, 4101.)
(Il crut qu'il lui disait la vérité.)

➤ *Remarque 2* : Les verbes et locutions qui expriment un sentiment (une appréciation morale ou affective) sont souvent à l'indicatif :

Or *m'annuie et poise* mout fort
Que je n'*ai* mon heaume *lacié*... (*Perc.*, 8572-8573.)
(Je suis fort contrarié et affligé de ne pas avoir mon heaume attaché.)

• Les interrogations indirectes sont le plus souvent à l'indicatif sauf :

– quand le verbe introducteur comporte l'idée d'une finalité :

Mout voudroient *cerchier et quere*
comme il fust fin de ceste guerre. (*Thèbes*, 4149-4150.)
(Ils voudraient rechercher les moyens de mettre fin à cette guerre.)

– en cas d'impossibilité de prendre une décision ou d'indifférence (tour *ne chaut* = peu m'importe) :

Or ne sai jo *que face*. (*Rol.*, 1982.)
(À présent je ne sais que faire.)

Le français moderne traduit cette idée avec un infinitif dit « infinitif délibératif ».

Le mode dans les relatives

• La relative explicative se comporte de ce point de vue comme les propositions indépendantes. La relative à valeur optative est très fréquente dans l'écriture de la chanson de geste.

Li traïteur, que Deus puist maleïr. (*CL*, 1463.)
(Le traître, que Dieu puisse le maudire !)

• Dans la relative déterminative, le rapport avec l'antécédent détermine le mode :

– si l'antécédent fait l'objet d'une volition avec valeur consécutive ou finale de la relative :

Quar li metons enz el chief *la corone*
Dont la cervele li *espande* en la bouche. (*CL*, 992, cité par Bonnard-Régnier.)
(Plaçons sur sa tête une couronne [appropriée] pour que sa cervelle se répande dans sa bouche.)

[…] par sa terre *l'*a [*l'* = la paix] fait jurer et a ses barons afïer
qui soit gardee et *maintenue*. (*Ren.*, III, 4485-4487.)
([…] par sa terre il a fait jurer et garantir la paix pour qu'elle soit préservée et maintenue.)

– si l'antécédent figure dans une proposition négative ;
– si l'antécédent est présenté comme rare ou isolé (introduit par *poi*, *pou* [peu] ou par un tour partitif) :

> *Pou* est *des homes qui* verité en *die*. (*PO*, 18.)
> (Il existe peu d'hommes qui disent la vérité sur ce sujet.)

– si l'antécédent est au superlatif :

> Pour *la plus lasse riens qui vive*. (*J&B*, 1216.)
> (Pour la plus misérable créature qui soit au monde.)
>
> Vint *une de plus beles dames*
> C'onques *veïst* riens terrienne. (*Yv*., 1147.)
> (Survint une des plus belles dames qu'ait jamais vues une créature terrestre.)

– si l'antécédent est sous interrogation :

> A il *celui qui* por mon cors le *face* ? (*CL*, [ms.C], 2410.)
> (Y a-t-il quelqu'un qui le fasse pour moi ?)

– si l'antécédent est sous hypothèse (dans une proposition hypothétique) :

> *Se* vos dites aval la rue
> *que* cele char *aiez perdue* [...]. (*Ren*., 4031-4032.)
> (Si vous dites dans la rue que vous avez perdu cette viande [...].)

– si l'antécédent est indéterminé, dans la plupart des cas, l'indétermination de l'antécédent entraîne le subjonctif dans la relative :

> Tu seras de meillor cheänce
> Que *chevaliers qui i fust* onques. (*Yv*., 406.)
> (Tu connaîtras un meilleur sort que n'importe quel chevalier qui s'y soit présenté.)

Exercice 5

Voici un schéma qui porte sur les 2e et 3e personnes du singulier des verbes des premier et troisième groupes :

	Premier groupe	Autres groupes
Ind. prés.	*e*	*ø*
Subj. prés.	*ø*	*e*
Ind. prés.	*il chant**e***	*il vent*
Subj. prés.	*il chant*	*il vend**e***

En s'appuyant sur ce schéma, on peut immédiatement savoir si un verbe est à l'indicatif ou au subjonctif. Apportez cette précision dans la liste suivante :

1. chantes
2. vent
3. viegne
4. luist
5. vende
6. die
7. conoist
8. boive
9. penst
10. cuide
11. croit
12. doint
13. fuies
14. vient

LA PHRASE COMPLEXE

1. LES PROPOSITIONS TEMPORELLES

Les conjonctions de subordination temporelles introductrices sont les suivantes :
Au sens de :

- Pendant que = *quant, com(e), endementres que, que que*.
- Dès que = *si tost com, si tost que, dés que, trés que, maintenant que*.

➤ *Remarque* : *Ou* toujours associé au verbe *veoir* est un tour fréquent dans l'épopée :

> *Ou voit* le mes, si li commence a dire… (*PO*, 1759.)
> (Dès qu'il voit le messager, il se met à lui dire…)

- Jusqu'à ce que = *tant que, de ci que, tres que, josque (jusque), josqu'a tant que, dusque*.

> […] mes les en ta prison,
> *Tant que* Tiebauz revieigne de Valdon. (*PO*, 1245-1246.)
> (Mets-les dans ta prison jusqu'à ce que Thibault revienne de Valdon.)

Tant com(e), «tant que», introduit une subordonnée au subjonctif quand les limites de la durée ne sont pas envisagées avec précision :

> Co n'iert, dist Guenes, *tant cum* vivet Rollant. (*Rol.*, 557.)
> (Ce ne sera pas, dit Ganelon, aussi longtemps que vivra Roland.)

On peut avoir l'indicatif lorsque le terme du procès principal est posé (traduction : «jusqu'au moment où»), le subjonctif lorsqu'il est envisagé (traduction : «jusqu'à ce que»).

– Procès de la subordonnée antérieur au procès de la principale ; sens de «après que» : *puis que, aprés (ce) que* : le mode est presque toujours l'indicatif :

Dont n'ot mie granment alé, *aprés ce qu'*il se fu departis de Palamidés. (*Tr. Pr.*, 6, 122.)
(Il n'avait pas fait un long chemin après s'être séparé de Palamède.)

– Procès de la subordonnée postérieur au procès de la principale ; sens de « avant que » : *ainz que*, *ainçois que*, *avant que*, *devant que* :

Mais *ains qu'*a la nef puissent estre,
Vint poignant li quens de Clocestre [...]. (*J&B*, 4129-4130.)
(Mais avant qu'ils aient pu atteindre le bateau, le comte de Gloucester apparaît au grand galop [...].)

➤ *Remarque* : On appelle **subordination inverse** une construction qui établit un lien temporel entre deux propositions :

Ja ainz n'iert vespre ni soleill esconsez
Que il orra une novele tel
Dont il iert mout corrocié et iré. (*PO*, 71-72.)
(Le soir ne sera pas tombé ni le soleil caché qu'il entendra des nouvelles qui le contrarieront vivement.)

La structure traditionnelle est « il entendra... », « avant que... ». C'est cette manière de présenter l'idée principale qui a entraîné la dénomination de « subordination inverse ».

2. LES PROPOSITIONS FINALES

Elles peuvent être introduites par un outil non spécifique *que* ou bien par *por (ce) que*. Elles sont au subjonctif :

Et *pour ce k'*il en *sache* miex la verité, li dist il : [...] (*Tr. Pr.*, I, v, 104.)
(Et afin de mieux connaître la vérité, il lui dit [...])
Cheoir se laisse en une masse
por ce que les genz ne le voient. (*Ren.*, 4115-4116.)
(Il se laisse tomber en boule afin que les gens ne le voient pas.)

3. LES PROPOSITIONS CAUSALES

• *Por ce que* établit le lien de causalité entre deux propositions :

[...] et par le frain
menoit le cheval en sa main,

por ce que il li voloit rendre. (*Yv.*, 2271-2273.)
([…] il conduisait le cheval par la bride car il voulait le lui rendre.)

• Avec *puis que*, comme en français moderne, la cause est connue de l'interlocuteur ou des interlocuteurs. On trouve également *quant* dans cet emploi : Charlemagne réitère son ordre à Ganelon en disant :

Puis quel comant, aler vos en estoet. (*Rol.*, 318.)
(Puisque je le commande, il faut vous mettre en route.)

Ganelon de son côté répond :

Quant aler dei, n'i ai plus que targer. (*Rol.*, 338.)
(Puisque je dois y aller, il n'y a plus à tarder.)

• Avec *que, car*, on peut hésiter entre un lien de coordination ou de subordination : la proposition ainsi introduite peut soit être analogue à une causale introduite par «parce que», soit fournir une explication, soit justifier une forme prise par la parole, par exemple une injonction :

Cuers et oroilles m'aportez,
car parole est tote perdue
s'ele n'est de cuer entandue. (*Yv.*, 150-152.)
(Abandonnez-moi cœurs et oreilles, car une parole est complétement perdue si elle ne touche le cœur.)

Certaines formes prises par la parole telles que l'interrogation, et surtout l'ordre, ont besoin d'une justification : elle est apportée par *car*.

4. Les propositions consécutives

• Elles peuvent être introduites par un simple *que* :

Por mautalent vet un paien ferir
Arriere main *qu*'il le cope par mi. (*PO*, 1203-1204.)
(Poussé par la colère, il va frapper un païen d'un coup de revers si bien qu'il le fend par le milieu.)

• La consécutive est très souvent signalée par un terme traduisant une notion d'intensité et qui exprime la causalité. On trouve *si*, *tant*, *tel* :

> Molt essauça sainte crestïentéz.
> *Tant* fist en terre *qu*'es ciels est coronez. (*Nîm.*, 12-13.)
> (Il éleva la dignité de la sainte chrétienté ; il fit tant sur terre qu'aux cieux il porte la couronne.)

On trouve une locution issue de ce système : *si que*.

• Le mode est l'indicatif lorsque la conséquence est posée, atteinte :

> […] pour le hauberc ne remaint k'il ne li face en l'espaulle senestre une plaie grant et parfonde, *si que* li fers apert par deriere. (*Tr. Pr.*, I, III, 77.)
> (Son haubert ne l'empêche pas de lui faire dans l'épaule gauche une plaie large et profonde, si bien que le fer de la lance ressort dans son dos.)

On rencontre généralement le subjonctif lorsque la conséquence est visée :

> L'empereür tant li dunez aveir
> Ni ait Franceis ki tot ne s'en merveilt. (*Rol.*, 570-571.)
> (Donnez tant de biens à l'empereur que tous les Français en soient surpris.)

Le plus souvent, la conséquence dépendant d'un verbe sous négation ou sous interrogation est au subjonctif. La conséquence d'un verbe sous hypothèse est aussi au subjonctif.

5. Les propositions comparatives

• Rapport d'égalité : elles sont introduites par *com(e)*, seul ou annoncé par un comparatif : *si*, *tel*, *tant*, etc. On rencontre aussi fréquemment dans les textes : *aussi com*, *autresi com*, *autretant com*.

• Rapport d'inégalité (supériorité, infériorité) ou d'altérité : elles sont introduites par *que*, en relation ou non avec un terme dans la principale, adjectif ou adverbe : *autre*, *mieudre*, *pire*, *plus*, *moins*, etc.

➤ *Remarque 1* : Dans la comparative d'inégalité, *ne* (explétif) peut apparaître quand la principale est affirmative :

Plus est isnels que *nen* est uns falcuns. (*Rol.*, 1572.)
(Il est plus rapide qu'un faucon.)

En revanche, la principale négative entraîne une comparative sans *ne* :

An la contree on ne savoit
meillor bués qu'estoient li suen. (*Ren.*, X, 9291.)
(Dans le pays, on ne connaissait de meilleurs bœufs que les siens.)

➤ *Remarque 2* : Le subjonctif peut apparaître dans la comparative d'inégalité sans *ne* :

Son bon ceval / Qui plus est blans que soit nais ne cristal. (*Aspr.*, 2689.)
(Son bon cheval qui est plus blanc que neige et cristal.)

➤ *Remarque 3* : L'analogie négative peut offrir quelques difficultés de lecture. Des séquences de termes peuvent avoir le sens de « ne…pas plus que ». Parmi les plus usitées, on trouve :

- *ne…ne plus que* ;
- *ne…ne que* ;
- *ne…(nient) plus que.*

Totes voz messes ne toz voz sacremenz,
Vos mariages ne voz esposemenz
Ne pris je mie *ne qu*'un trespas de vent. (*CL*, 841-843.)
(Toutes vos messes et tous vos sacrements, vos mariages et vos épousailles, je n'y accorde pas plus de prix qu'à un souffle de vent.)

• Disons enfin un mot des comparatives de sens hypothétique, dans lesquelles le subjonctif imparfait a valeur d'irréel :

Si ot autel porcession
Com s'il fust jors d'Assention […] (*Perc.*, 2939-2940.)
(Il y eut une procession comme si c'était le jour de l'Ascension.)

6. Les propositions concessives

Les concessives mettent en jeu à la fois la cause et l'hypothèse. On se contentera d'une approximation en disant que la concession est une cause inopérante. Si le français moderne possède un ensemble de conjonctions propres à exprimer ce rapport (*bien que*, *quoique*, *même si*), l'ancien français ne possède pas au départ d'outils spécifiques.

Si jo puisse od gent parler
E en deduit od lui aler
Jo li mustrasse bien semblant
Ja n'en eüsse jeo talent. (*Lais,* Yonec, 77.)
(Si je pouvais parler avec quelqu'un et me divertir en sa compagnie, je lui [à mon mari] ferais bon visage, bien que je n'en aie pas le désir.)

Une variante offre la leçon suivante, de même sens : *Tut n'en eüsse jeo talant* (*tut* = tout).

Comme on le voit, la concession peut être traduite :

– par l'utilisation d'adverbes comme *ja*, *encore*, *toutesvoies*, *por tant*, *por quant* :

Encor ne soit ma parole franchoise
Si la puet on bien entendre en franchois. (*C. de Béth.*, III, 10.)
(Bien que mon discours ne soit pas en français, on peut parfaitement le comprendre en français.)

– par le recours à des adverbes comportant une idée de degré comme *tant*, *si*, *quelque*, etc. :

Ne n'a an trestot cest païs
Nul baron, *tant soit* de haut pris,
Qui ne l'eüst a fame prise. (*Érec*, 525.)
(Il y a dans ce pays aucun baron, si haute que fût sa renommée, qui ne l'aurait prise pour femme.)

– par la préposition *por* suivie de la forme en *-ant* ou de l'infinitif :

Ge ne leroie, por les membres tranchier. (*PO*, 387.)
(Je ne m'abstiendrais pas, même si on devait me trancher les membres.)

– par des relatives à antécédent indéfini qui ont valeur concessive, bien évidemment au subjonctif :

Cui qu'on doie venir envi
Ja cest esperviers vostres n'iert. (*Érec*, 82.)
(Quel que soit celui qui doive en recevoir de la contrariété, jamais cet épervier ne vous appartiendra.)

Des locutions complexes, à noyau verbal, émergent pendant la période de l'ancien français : *ja soit* [*ce*] *que*, *tant soit* [*ce*] *que*, etc.

Et *ja soit chou que* il ne l'ait si belement contee le conqueste, comme maint boin diteeur l'eussent contee, si en a il toutes eures la droite verite contee. (*Clari*, CXX, 9.)
(Et bien qu'il n'ait pas fait un aussi beau récit de la conquête comme maint auteur aurait pu le faire, il n'en a pas moins dit toute la vérité.)

7. LES PROPOSITIONS EXCLUSIVES OU EXCEPTIVES

Elles introduisent un procès qui constitue une exception à ce qui est énoncé dans la principale : elles ont le sens de «sauf, excepté que». Elles sont introduites en ancien français par *fors que*, *fors tant que*, *mais que*, *ne mais que*, *sauf (ce) que*.

Et leur samble qu'il est haitiés
Fors tant qu'il est afebloiiés. (*J&B*, 1423-1424.)
(Et il leur semble qu'il est en bonne santé, sauf qu'il est affaibli.)

On a l'indicatif quand le procès est un fait :

[...] li uns comenche l'autre a regarder par mout grant ire et, sans ce k'il ne s'entredient nul mot du monde, il metent les mains as espees [...] (*Tr. Pr.*, t. I, VIII, 141.)

8. LES PROPOSITIONS HYPOTHÉTIQUES

La subordonnée hypothétique introduite par *se* constitue avec la principale un système hypothétique. Une relation de cause à conséquence unit les deux propositions.

8.1 Tour *se* + présent indicatif, présent indicatif

Type du français moderne : « S'il pleut, je vais à la pêche. » On peut en ancien français comme en français moderne trouver dans la principale le futur de l'indicatif ou l'impératif, le subjonctif présent de volition. Il s'agit toujours d'un **potentiel** :

Se la me *dones*, n'i *afiert* mie grez. (*Nîm.*, 485.)
(Si tu me la donnes [la ville], il n'y a pas de quoi remercier !)

Se ceste ost *remaint*, la rescosse d'Oltremer est failli. (*Villh.*, 59.)
(Si cette expédition échoue, l'aide à la terre d'Outremer est en échec.)

Au présent ou au futur, la proposition appartient au domaine du probable :

Se la promesse me *rendez* orendroit,
G'en *penserai* […] (*PO*,1152-1153.)
(Si vous me tenez maintenant cette promesse, je m'y emploierai […])

Nous dirons que, dans ce cas, la potentialité est forte :

S'il le *commande*, enz vos *lerai* entrer. (*PO*, 431.)
(S'il le commande, je vous laisserai pénétrer à l'intérieur.)

8.2 Tour *se* + imparfait, forme en *-roie*

En français moderne nous avons : « S'il pleuvait, j'irais à la pêche. » Avec le conditionnel du français moderne se trouve exprimé :

– soit le **potentiel** (la potentialité dans ce cas est plus faible que si nous utilisons le tour précédent avec le futur en principale : « Demain, s'il pleuvait, j'irais à la pêche » est un potentiel) ;

– soit l'**irréel** : « Si j'étais riche, je passerais mes vacances en Floride (mais cette année je ne peux pas prendre de vacances) ».

Che ne *seroit* mie fourfais
Se je buvoie a ceste laisse. (*St Nic.*, 1023-1024.)
(Ce ne serait pas un crime si je buvais un coup à cette occasion [potentiel].)

Se ge cuidoie que ma paine i fust sauve,
Que me *preïst* Guillelmes Fierebrace,
Ge vos *metroie* toz trois hors de la chartre,
Si me *feroie* crestïenner a haste. (*PO*, 1375-1378.)
(Si je pouvais croire que ma peine en soit récompensée, que Guillaume Fierebrace m'épouse, je vous ferais sortir tous les trois de la prison et je me ferais baptiser sans attendre [elle peut le faire, elle va le faire].)

Ainsi, le tour *si* + imparfait, forme en *-roie* sert à exprimer une potentialité plus faible face au système *si* + présent indicatif, présent ou futur.

Avec un verbe de sens imperfectif (l'action peut être continuée), on a un effet de sens **irréel** en français moderne : « Si j'étais maintenant en Floride (mais je n'y suis pas) » :

S'i estïez le premier jor d'esté,
Lors *orrïez* les oseillons chanter. (*PO*, 245-246.)
(Si vous étiez au premier jour de la belle saison, vous entendriez alors chanter les petits oiseaux.)

Des adverbes dont la signification est « maintenant », tels que *or(e) (s)*, *orendroit*, etc., entraînent automatiquement l'effet de sens **irréel**. En revanche, avec ces mêmes adverbes accompagnant un verbe **perfectif** (qui comporte un seuil), on ne peut quitter que très difficilement le potentiel.

En outre, à l'effet d'irréel s'ajoute un irréel « pur » (selon l'expression de Robert Martin) qui relève entièrement de l'imaginaire :

Se j'estoie aussi rices hom
Com vous estes, une maison
Tous jours o moi *emporteroie* [...]. (*J&B*, 2689-2692.)
(Si j'étais aussi grand seigneur que vous l'êtes, j'emporterais toujours une maison avec moi [irréel pur].)

8.3 Tour *se* + imparfait du subjonctif, imparfait du subjonctif

Disons d'entrée que ce système permet les effets de sens propres au système précédent *se* + imparfait, forme en *-roie*.

– en particulier le potentiel :

Se j'osasse parler,
je demandasse de quel tere estes nez. (*CL*, 1565.)
(Si j'osais parler, je vous demanderais de quelle terre vous êtes.)

L'auteur intervient ainsi dans le récit :

Assez vos *deïsse* coment,
Se je m'an *volsisse* entremetre,
Mais por che n'i weil paine metre
Qu'autant vaut uns mos come vint. (*Perc. R.*, 2678-2681.)
(Si je voulais m'y consacrer, je vous dirais fort bien comment ils combattent, mais je ne veux pas faire d'effort pour cela, parce qu'un seul mot vaut autant que vingt.)

– ainsi que l'irréel ; c'est un chevalier à qui l'on vient de prendre son cheval qui parle :

[…] *Se j'eüsse* ore mon ceval, *je m'en tenisse* a bien paiié. (*Tr. Pr.*, 129.)
(Si à présent j'avais mon cheval, je m'estimerais bien payé.) (Notons la présence de *ore* [maintenant] qui signale l'irréel.)

Ou encore, Guillaume d'Orange est à Nîmes :

S'eüssons ore .M. puceles ceanz,
De ceus de France, as genz cors avenanz
[…]
Icele chose me *venist* a talant. (*PO*, 87-91.)
(Si nous avions maintenant en ces lieux mille jeunes filles de fort belle prestance […] cela me plairait beaucoup.)

8.4 Irréel du passé avec imparfait du subjonctif

« S'il avait plu, je serais allé à la pêche. » On constate que le système hypothétique *se* + imparfait du subjonctif, imparfait du subjonctif doit être traduit par un plus-que-parfait de l'indicatif dans les deux propositions :

Se je ne la *trovasse* ou livre,
je *tenisse* celui a ivre
qui dite eüst tele aventure. (*Ren.*, III, 3763-3765.)
(Si je ne l'avais trouvé dans le livre, j'aurais considéré comme pris de boisson celui qui aurait narré un tel événement.)

Ce tour est courant au XIIe siècle et largement répandu au XIIIe. La difficulté pour le lecteur réside donc dans l'interprétation de ces systèmes *se* + imparfait du subjonctif, imparfait du subjonctif. C'est le sens du contexte qui permet de décider de la traduction.

8.5 Tours explicites de l'irréel du passé

Si l'on emploie les temps de l'accompli (plus-que-parfait de l'indicatif) dans la subordonnée hypothétique ou dans la principale, on exprime ainsi l'irréel du passé :

Se il fust vif, *jo l'oüsse* amenet. (*Rol.*, 691.)
(S'il avait été vivant, je l'aurais amené.)

à plus forte raison si l'on a l'accompli dans les deux propositions.

La mésange qui échappe à Renart dit :

Tost *eüssiez* la pes *enfrete*,
Se ne me *fuse* arriere *traite*. (*Ren.*, III, 4515-4516.)
(Vous auriez bien vite rompu la paix, si je ne m'étais pas retirée.)

Notre système du français moderne – plus-que-parfait de l'indicatif, forme conditionnel passé – n'apparaît dans les textes qu'au XIVe siècle.

8.6 Systèmes hypothétiques avec variation du temps et de l'aspect

Les systèmes hypothétiques n'obéissent pas toujours aux schémas que nous venons de définir. Ils peuvent jouer sur une variation du mode, de l'aspect, du temps dans le rapport entre la subordonnée et la principale. On aura ainsi, par exemple :

– rapport accompli/inaccompli :

Morz i *eüsse esté* et pris,
Se ne fust vostre boene aïe. (*Yv.*, 3636-3637.)
(J'aurais été tué et capturé, s'il n'y avait eu votre aide efficace.)

S'il eüst armes por son cors conraer,
Ja *fussent* tuit el palés *effraez*. (*PO*, 612-613.)
(S'il avait des armes pour s'équiper, tous dans le palais seraient déjà dans l'effroi.)

– rapport introduisant des variations de probabilité dans l'une et l'autre proposition :

S'estïez ore el palés de la vile
Et veïssiez cele gent sarrazine,
Connoistront vos a la boce et au rire […]. (*PO*, 336-338.)
(Si vous étiez maintenant dans le palais de la ville et que vous vissiez ce peuple sarrasin, ils vous reconnaîtraient à la bosse [de votre nez] et à votre rire.)

Les conditionnelles sont introduites par *se*, repris par *que* dans le cas de deux conditionnelles. En ancien français, le *que* n'est pas toujours exprimé mais, dans le cas de la non-répétition de *se*, le subjonctif est obligatoire. Dans cet exemple, on a la curieuse combinaison d'un irréel (discriminé par *or*) avec un verbe principal au futur traduisant une potentialité forte.

8.7 Autres moyens d'exprimer l'hypothèse

- Par l'emploi du subjonctif sans qu'intervienne un outil spécifique :

Ne *fust* la bove qui soz terre est bastie,
Dont la pierre est sus el palés assise
Jamés Orable n'*eüssiez* en baillie. (*PO*, 1289-1291.)
(Si le souterrain qui est construit sous terre n'avait pas existé, jamais vous n'auriez repris possession d'Orable.)

Ce tour assez rare est encore employé en français moderne : « Eussé-je été seul, je crois bien que j'aurais renoncé» (A. Gide, *Journal 1939-42*, p. 189, cité par M. Grevisse, *Le Bon Usage*, § 1042, p. 1088).

• Par l'emploi du relatif indéterminé *qui* suivi de l'indicatif ou du subjonctif :

> *Chi purreit* faire que Rollant i fust mort,
> Dunc perdreit Carles le destre braz del cors. (*Rol.*, 596-597.)
> (Si l'on pouvait faire en sorte que Roland y trouve la mort, Charles perdrait alors son bras droit.)

Les temps et les modes ont la même signification que dans les systèmes hypothétiques par *se*.

8.8 Tours introduisant une subordonnée de condition restrictive

Parmi ceux-ci, on note la locution conjonctive *mais que* au sens de «pourvu que». Diverses locutions sont susceptibles d'avoir, suivant les contextes, une signification proche de l'hypothèse ; ainsi *par tel couvent que* qui signifie «à condition que».

8.9 Comparative hypothétique

Une proposition subordonnée hypothétique peut figurer dans une comparaison annoncée par *com* ou *que* :

> Car li roys dort et si baron
> *Si* ferm *que s'il fussent tout mort*. (*St Nic.*, 996.)
> (Car le roi et le baron dorment aussi profondément que s'ils étaient tout à fait morts.)

➤ *Remarque* : On ne confondra pas une réalisation du tour *si m'aïst Dex* («j'en prends Dieu à témoin») qui apparaît fréquemment sous la forme *se Dex m'aïst* (même sens), avec une subordonnée conditionnelle introduite par *se*.

Dist Guïelin : « Par le cors saint Hylaire,
Se Dex m'aïst, traï nos a Orable. » (*PO*, 1188-1189.)
(Guïelin dit : « Par le corps de Saint Hilaire, j'en prends Dieu à témoin, Orable nous a trahis. »)

Exercice 6

Identifiez les propositions subordonnées et soulignez la conjonction de subordination.

1. Sire, ma mere m'ensaigna / Que vers les preudomes alaisse. (*Perc.*, 1402-1403.)
2. Par ceste barbe que veez blancher. (*Rol.*, v. 261.)
3. Einz que cil se fust regardez / li ot [...] l'espaule del bu dessevree. (*Yv.*, v. 4232-4234.)
4. Mes quant il furent venu la, il ne troverent qui nouveles leur en seüst dire. (*MRA*, 44, 44.)
5. Melz voeill murir que huntage me venget. (*Rol.*, v. 1091.)
6. Mais il me mandet que en France m'en alge. (*Rol.*, v. 187.)
7. Sun fort espiet par mi le cors li mist / Que mort l'abat entre mil Sarrazins. (*Rol.*, v. 1306-1307.)
8. Et vinrent a Jehan isnel / Cui il voient faire merveilles. (*J&B*, 4370-4371.)
9. Il dist que non feroit devant qu'il seüst noveles de Lancelot qui fussent veraies. (*MRA*, 44, 2.)
10. Pur Deu vos pri que ne seiez fuiant / Que nuls prozdom malvaisement n'en chant. (*Rol.*, v. 1516-1517.)
11. Se truis Rollant, de mort serat finet. (*Rol.*, v. 902.)
12. Mes, qui que veigne, et qui que voise, ne vos movez ja por la noise. (*Yv.*, v. 1063.)
13. Mes sire Yvains an fu dolanz, / qu'il i cuidoit aler toz seus. (*Yv.*, v. 678-679.)
14. Puis qu'il se velt celer, fet li rois, or le celons bien. (*MRA*, 11.)

6

MOTS INVARIABLES

1. LES PRÉPOSITIONS

Il ne peut être question, dans un ouvrage d'initiation, de passer en revue les divers emplois des prépositions, en particulier les spécificités de construction prépositionnelle des verbes. Nous nous bornerons à quelques différences notables entre l'ancienne langue et le français moderne.

A

• De manière très simple, on peut dire que *a* indique un mouvement d'approche.

• On notera la construction des verbes factitifs avec les effets de sens suivants :

– *faire a* : «mériter», «être digne» ;
– *laisser a* : «cesser de» ;

> Et dame Orable qui tant fet *a* proisier. (*PO*, 370.)
> (Et dame Orable qui est si digne d'éloge.)

• Voir aussi la construction du cas régime direct sans préposition : «la fille le roi», mais «la fille du chevalier» (*cf.* p. 35-36).

De

• *De*, au contraire, indique un mouvement d'éloignement.

• *De* sert souvent à introduire un infinitif qui constitue le thème de la proposition (le reste étant le prédicat).

> Vilonnie est *d'*autrui gaber. (*Perc. R.*, 1017.)
> (C'est une chose méprisable que de se moquer d'autrui.)

• Les verbes de sentiment ont la plupart du temps un complément circonstantiel de cause introduit par *de*.

> *De* pitié pleure Guillelme le guerrier. (*CL*, 1317.)

Ce complément circonstanciel de cause peut être pronominalisé :

Quant li baron l'oïrent, si *en* furent molt lié [...]. (*Clari*, VIII, 6.)
(Quand les barons entendirent cela, ils en furent très joyeux.)

• *De* introduit le complément de propos :

Tuit ont chanté *de* la cité de Nyme. (*PO*, 13.)
(Tout le monde a chanté la cité de Nymes.)

• *De* peut introduire le complément du comparatif :

Meillor vassal n'out en la curt *de* lui. (*Rol.*, 775.)
(Il n'y avait pas à la cour de meilleur vassal que lui.)

Comme en français moderne, *de* est toujours employé lorsque le second terme est un numéral : « plus de cent ».

• *De* introduit le complément partitif et intervient chaque fois qu'il s'agit d'introduire un substantif désignant un tout sur lequel on prélève une partie à l'aide d'un adverbe ou d'un pronom (*cf. supra*, article partitif p.43).

Nus *d*'aus deus de ferir ne faint. (*J&B*, 4160.)
(Aucun d'eux ne fait semblant de frapper.)

Que poi *d*'aïe li feront
Li autre qui feble seront [...] (*Perc.*, 2421-2422.)
(Car ceux qui ne sont pas d'une grande valeur lui apporteront peu d'aide [...])

• *De* + infinitif substantivé sert à construire un tour exclamatif (*cf. supra* p. 84, l'infinitif) :

« Seigneur, or *du* bien faire ! » (*St Nic.*, 396.)
(Seigneurs, comportons-nous bien !)

En – an

• *En* marque un mouvement de l'extérieur vers l'intérieur. Le mouvement peut être suspendu à son début, d'où l'effet de sens : *en la croiz* : « sur la croix ».

• *En* peut, comme en français moderne, introduire un gérondif (*cf.* forme en *-ant* p. 85).

• *En* accompagne souvent l'infinitif ou l'infinitif substantivé :

> *Ou* someillier que il faisoit
> Et *el* dormir qui li plaisoit [...] (*Ren.*, III, 4175-4176.)
> (Endormi, dans son sommeil qui lui était bien agréable [...])

On note que *el*, *ou* sont des évolutions phonétiques de la préposition *en* + *le*.

Enz

• L'intériorité est signifiée par *enz (intus)* ; *dedenz (denz)* est rare (le « dans » moderne n'existe pas) :

> Hauce le destre, *enz* el col li asiet. (*PO*, 1604.)
> (Il lève le [poing] droit et le lui assène sur la nuque : *enz el* = *enz* + *en* + *le* ; le tour est redondant.)
>
> *Dedanz* ce puis avoit .II. soilles. (*Ren.*, II, 3408.)
> (Dans ce puits il y avait deux seaux.)

O, od

• Étymologiquement *o* < *apud*, cette préposition signifie soit « auprès de », soit « avec » (*avuec* : « avec ») :

> Li rois *o* grant compaignie de chevaliers. (*MRA*, 17, 1.)
> (Le roi avec une grande compagnie de chevaliers.)

Par

• Ne fait pas de difficultés pour le lecteur du texte. Il peut introduire des compléments de lieu et de temps, de cause et de manière :

> Vos l'avez mort *par* voz paroles. (*MRA*, 40, 26.)

Por

• L'idée d'échange, de troc est une valeur fondamentale de cette préposition :

> Si li reis voelt, prez sui *por* vos le face. (*Rol.*, 395.)
> (Si le roi le veut, je suis prêt à le faire à votre place.)

• *Por* sert à introduire aussi bien un infinitif, un complément à valeur finale qu'un complément à valeur causale :

Pour le guerre des crestïens,
Te mande le secours prochain. (*St Nic.*, 335.)
(À cause de la guerre que lui livrent les chrétiens, il t'ordonne de le secourir immédiatement.)

Comant ! seroiz vos or de çax
qui *por* leur fames valent mains ? (*Yv.*, v. 2486-2488.)
(Comment ! Seriez-vous donc de ceux qui valent moins à cause de leurs femmes ?)

Por la plaie l'a coneü. (*Yv.*, v. 2904.)
(Il l'a reconnu grâce à la plaie.)

Mais *pour* abregier le miracle. (*St Nic.*, 60.)
(Mais pour abréger le récit du miracle.)

Dans le dernier exemple, on a la construction de l'infinitif de but du français moderne.

• On a constaté, dans le chapitre précédent p. 96-97, la double possibilité de la locution *por ce que* : but ou cause.

• *Por* sert enfin à introduire le tour à valeur concessive soit avec la forme en *-ant*, soit avec l'infinitif :

Ge ne leroie *por* les membres perdant. (*PO*, 1721.)
(Je n'y renoncerais pas même si l'on devait me trancher les membres.)

Ne me faudront *por* les membres tranchier. (*CL*, 183.)
(Ils ne me feront pas défaut, dussent-ils perdre la vie.)

• On a également une construction possible avec le substantif :

Et il leur respont que ja plus ne leur en dira *por* proiere qu'il en facent. (*MRA*, 42, 6.)
(Il leur répond qu'il ne leur dira pas plus, quelle que soit leur supplication.)

Entre

• En ancien français, on relève, outre les emplois qui nous sont familiers en français moderne, l'utilisation de *entre* comme simple coordination. L'action est faite par deux ou plusieurs personnages :

A tant se part li rois de la fenestre *entre* lui et sa compaignie. (*MRA*, 12, 1.)
(Alors, le roi et ses compagnons quittent la fenêtre.)

Se parti li rois de Taneborc et chevaucha vers Kamaalot *entre* lui et ceus de son ostel. (*MRA*, 43, 36.)
(Le roi quitta Taneborc et chevaucha avec ceux de sa maison vers Kamaalot.)

Parmi* ou *par mi

• La préposition est faite de *par* + *mi* (*mi* : « le milieu de »), d'où le sens primitif de « au milieu », « à travers » :

Sun grant espiet *par mi* le cors li mist. (*Rol.*, 1248.)
(Il lui met son gros épieu au milieu du corps.)

• Cette préposition offre ensuite une assez grande diversité de sens :

Venus sui a cauchiers ferrés
Trente journees *parmi* glache. (*St Nic.*, 359-360.)
(J'ai fait, avec des souliers ferrés, trente journées sur de la glace.)

Senz

• Signifie « sans » :

[...] Isengrin tot *sanz* demeure [...]. (*Ren.*, II, 3442.)
([...] Isengrin, sans plus s'attarder [...].)

Sor

• Signifie « sur » :

Les napes mistrent li serjant
sor vert herbe [...]. (*Dole*, 1522-1523.)
(Les serviteurs posèrent les nappes sur l'herbe verte.)

2. La coordination

La conjonction de coordination établit un lien entre deux propositions ou deux termes de la proposition.

Et

• Cette conjonction a tous les emplois qu'on connaît en français moderne. Elle figure fréquemment en tête de phrase pour souligner un enchaînement. On trouve souvent *et* pour introduire la principale dans un système indiquant une variation proportionnelle :

> Mes comme il plus le demanderent, *et* meins en apristrent. (*MRA*, 37, 7.)
> (Plus ils le pressaient de questions, moins ils en apprenaient.)

Ou

• C'est, comme en français moderne, la conjonction de coordination disjonctive :

> [...] se ele li dira *ou* ele s'en tera. (*MRA*, 50, 34.)
> ([...] si elle le lui dira ou pas.)

Ne

• *Ne* coordonne en « atmosphère non pleinement positive » (Moignet). Se reporter au chapitre sur la négation p. 21-23.

Mais – ainz

• Ces deux conjonctions signalent une opposition entre les termes coordonnés. *Mais* introduit une idée différente de l'idée précédente. Les deux propositions sont alors orientées vers une conclusion opposée :

> Jehans a s'amie entendue
> *Mais* la parole avoit perdue. (*J&B*, 1195-1196.)
> (Il a entendu son amie [= il va lui répondre] ;
> il a perdu la parole [= il ne lui répond pas].)

En revanche, *ainz* (*einz*) unit deux propositions qui sont orientées vers une conclusion identique :

> Puis ne tint on pas longes fables,
> *Ains* se vont couchier par laians. (*J&B*, 3394-3395.)
> (Puis la conversation ne se prolongea pas ; on alla se coucher.)

La première proposition énonce sous la forme négative une idée reprise sous la forme positive dans la seconde, disons approximativement « le désir de ne pas prolonger la soirée ».

3. Quelques adverbes

3.1 Articulation du discours

Si

• On fera la différence entre la signification de l'adverbe et son rôle dans la proposition. *Si* sature toujours la place 1 dans la proposition (voir chapitre sur le pronom personnel) et entraîne la post-position du sujet nominal (souvent la non-expression du sujet pronominal).

• *Si* ne figure jamais en début de texte ; c'est un anaphorique. On a pu affirmer que « le propre de *si*, en ancien français, est de dire au nom de l'énonciateur : il y a quelque raison de faire suivre *p* par *q* » (*p* et *q* désignant les deux propositions ou les deux éléments entre lesquels existe ce rapport). Parmi les principaux emplois, on relève :

– *Si* d'assertion et de jurement : c'est le tour *si m'aït Diex*. La formule sert à attester, avec un engagement très fort du locuteur, la véracité de la proposition qu'il accompagne :

> *Si* m'aïst Dex, vos parlés de granz beffes. (*PO*, 1417.)
> (J'en prends Dieu à témoin, vous êtes en train de plaisanter.)

Dans cette formule, *si* peut être remplacé par *se* sans variation de sens, mais avec changement de l'ordre des mots (en effet, *se* n'entraîne pas la post-position du sujet) :

> *Se* Dex m'aïst, traï nos a Orable. (*PO*, 1189.)
> (J'en prends Dieu à témoin, Orable nous a trahis.)

– *Si* + faire : qui sert à répondre de façon affirmative (voir remarque p. 11).
– *Si* d'antériorité :

> Ne mengerai de pain fet de ferine
> [...]
> *S*'avrai veü com Orenge est assise. (*PO*, 285-287.)
> (Je ne mangerai pas de pain [...] avant d'avoir vu comment est bâtie Orange.)

L'engagement très fort du locuteur résulte du décalage temporel et du caractère excessif de la promesse.

– Si adversatif :

Et s'or en deveiez crever,
Si diroie je tote voie [...] (*Perc.*, 5498-5500.)
(Et même si vous deviez périr sur-le-champ, je dirais *pourtant* que [...].)

• Dans de nombreux énoncés, *si* ne peut être traduit : dans une principale précédée d'une subordonnée conditionnelle ; *si* introduisant un impératif précédé d'un autre impératif ; dans le schéma *quant...si*, très fréquent au Moyen Âge.

• Enfin, on trouvera très fréquemment *si* dans des énoncés du type :

Uns reis i est, *si* ad num Corsablix. (*Rol.*, 1235.)
(Il y a un roi, il se nomme Corsablix.)

Si fait de la première proposition un posé préalable, un « thème » qui rend possible l'énonciation de la deuxième proposition.

Car

• Introduit une explication (voir aussi l'étude de l'expression de la cause p. 97) :

Assés avoient de clarté,
Car la lune clere leur luist. (*J&B*, 1810-1811.)
(Il y avait beaucoup de lumière, car la lune leur apportait sa clarté.)

• On interprète *car* comme adverbe lorsqu'il ouvre une proposition exprimant l'ordre ou le souhait :

Seignor, *car* vos an tasiez ore,
Fait li vallés, si ferez bien [...] (*Perc. R.*, 2614-2615.)
(Seigneurs, taisez-vous donc, dit le jeune homme, vous ferez bien.)

Or

• *Or* connaît le même emploi, mais avec l'infinitif substantivé il permet de construire une tournure exhortative : *or del monter* : « à cheval ! »

Dont

• *Dont* a le plus souvent le sens de « de ce fait ». Il vient souligner le lien logique entre deux éléments, il peut ouvrir une proposition. Il met ainsi en évidence l'engagement du locuteur dans son propos.

Neporuec – neporquant – nequedent

• Ces adverbes expriment un rapport adversatif avec le sens de « pourtant ».

3.2 Adverbes d'énonciation

Mar

• *Mar* est un adverbe d'énonciation : il traduit la présence d'un locuteur jugeant un sujet engagé dans une action. Et cette action se retournera contre le sujet :

> Se por amors estes mis a joïse,
> Dont porra dire la gent de vostre empire
> Que *mar* veïstes Orable la roïne. (*PO*, 348-350.)
> (Si, à cause de l'amour, vous êtes traduit devant la justice, alors, les habitants de votre pays pourront dire que c'est pour votre malheur que vous avez vu la reine Orable.)
>
> Fill a putain, gloton, *mar* i entrastes ! (*PO*, 1048.)
> (Fils de putain, canailles, vous avez eu grand tort d'entrer.)

Le locuteur déclare aux païens que l'action d'entrer va se retourner contre eux.

Le procès peut être sans effet. Voyant ses compagnons morts, Roland déclare :

> Li empereres tant *mare* vos nurrit ! (*Rol.*, 1860.)
> (C'est donc pour rien que l'empereur s'est chargé de votre éducation !)

• *Mar* est traditionnellement considéré comme « équivalent sémantique d'une forte négation » (le verbe est au futur ou au subjonctif) :

> Se estiés .M. homes a espees
> As blans haubers et as targes dorees,
> *Mar* i eust un qui fesist retornee. (*PO*, 287.)

(Si vous étiez mille hommes avec des épées, avec de blancs hauberts et des targes dorées, pas un ne pourrait espérer en revenir.)

Isnelement issez hors de la tor !
Ja plus ceanz *mar* seroiz a sejor. (*PO*, 1242-1243.)
(Sortez vite de la tour ! Ne restez pas un instant de plus dans cet endroit.)

Mal

• Cet adverbe connaît des emplois analogues à ceux de *mar*.

3.3 Adverbes de manière

• Adverbes en *-ment* : attention aux formes *granment* (grandement), *forment* (fortement), formées sur des adjectifs épicènes.

• *Com(e)*, *coment* servent à introduire des interrogatives ou des exclamatives.

• *Bien*, *si*, *com*, *forment*, *durement* sont des intensifs.

3.4 Adverbes de degré

• *Tant*, *bien*, *trop*, *asez* : haut degré.

• *Moult* : quantité.

• *Asez* : beaucoup, et parfois « assez » au sens moderne.

• *Par* : aussi bien préfixe verbal qu'adverbe, il peut être combiné avec d'autres adverbes. Il fonctionne comme intensif avec *si* :

La flor qu'en ist *par* est *si* avenant. (*PO*, 655.)
(La fleur qui naît [de l'arbre] est extrêmement belle.)

La séquence *tant par* (« extrêmement ») est très fréquente.

• *Tres* se combine également avec *si*.

- *Poi*, *pou*, *petit* : bas degré.
- *Plus* : plus.
- *Meins* : moins.

➤ *Remarque* : Pas de différence entre le comparatif et le superlatif relatif. Pour ce dernier, l'emploi de l'article n'est pas systématique :

> Et ce est la chose qui plus m'esmaie et dont il me poise plus. (*MRA*, 65, 32.)
> (Et c'est ce qui m'afflige le plus et qui m'est le plus pénible.)

- *Si*, *tant*, *autant* : degré adéquat.
- *Com(e)* : égalité ou identité.
- *Que* : inégalité.

3.5 Adverbes de négation

Non, *ne*, *nient*, *nenil* : se reporter au chapitre sur la négation.

3.6 Adverbes de temps

Soulignons l'importance de ces adverbes :

- *Or*, *hui* : présent du locuteur.
- *Lors* : « moment passé de référence dans un récit » (Moignet).
- *Atant*, *adont*, *puis*, *si* : enchaînement des événements.
- *Maintenant* : attention, cet adverbe signifie « immédiatement ».
- *Ja*, *jadis*, *pieça* : passé.

- *Tost*, *errant*, *erramment*, *tost* : rapidité.
- *Ainz*, *ainçois* : antériorité.
- *Oan* : « cette année ».
- *Antan* : « l'année dernière ».

3.7 Adverbes de lieu

• *Ci*, *ça – la* : *ci* et *ça* indiquent l'espace où se trouve le locuteur. *Ça* indique l'espace à parcourir en direction du locuteur : « venez ça » ; *la* ce qui est en dehors de cet espace.

- *Enz* : intériorité.
- *Çaiens*, *laienz* : l'espace intérieur où je suis, opposé à l'espace où je ne suis pas.
- *Sus* : en haut.
- *Jus* : en bas.
- *Amont* : en haut.
- *Aval* : en bas.
- *Seure (sore)*, *soz* : dessous.
- *Fors* : dehors.
- *Lez*, *delez* : à côté.

CORRIGÉS DES EXERCICES

1 La phrase

Exercice 1 : la négation prédicative

1. dans une réponse négative accompagnée du pronom
2. signe d'exception
3. alternative
4. rectification
5. accompagne le verbe vicariant
6. rectification
7. alternative
8. rectification
9. réponse négative
10. alternative
11. alternative
12. réponse négative
13. accompagne *avoir* en fonction de verbe vicariant
14. signe d'exception

Exercice 2 : les renforcements de négation

1. onques...ne...
2. mais ne...et ja...n'
3. ja...n'...mais
4. ainc...ne
5. ja...ne
6. ne...une cive
7. N'...doutance ne cremeur
8. ne...plus
9. onques mais ne
10. ainc mais ne
11. ne...rien
12. point...ne

13. ne…ne soir ne matin
14. ne…mais
15. ainc n' et ja n'…

2. Le nom

Exercice 3 : la déclinaison. On aurait dû avoir :

1. li sire (*s* analogique)
2. uns filz (sujet post-posé)
3. li glorïeus (apposition)
4. soleuz (CS)
5. mes avoez (attribut)
6. hom
7. li marchis (apposition)
8. li forz (apposition)
9. oncles (apostrophe)
10. Pinte (apostrophe)
11. li charbons (sujet post-posé)
12. cist cortis
13. culverz desmesurez
14. gars (attribut du sujet)
15. li felon

3. Les pronoms

Exercice 4 : formes prédicatives et non prédicatives

1. prédicatif : *moi*, placé devant infinitif
   aus, emploi avec préposition (*aus* = *eus*)
2. non prédicatif tonique : *moi*, placé derrière le verbe pour éviter la place 1
3. prédicatif : *vos*, emploi avec préposition (devant *vos*)
4. non prédicatif tonique : *moi*, accent du groupe verbal
5. non prédicatif : *toi* (même cas que 4)
   prédicatif : *lui*, emploi avec préposition
6. prédicatif : *lui*, phrase elliptique du verbe

7. prédicatif : *moi*, accent du groupe verbal
8. non prédicatif : *toi*, après le verbe, car place 1 non saturée (*que te doi*)
9. prédicatifs : 1. *lui*, construction avec préposition
   2. *lui*, coordonné à un substantif
10. non prédicatif tonique : *toi*, après verbe (*te mandai* est impossible)
11. prédicatif : *lui*, devant infinitif
12. non prédicatif tonique : *moi*
13. prédicatif : *moi*, construction avec préposition
14. prédicatif : *lui*, construction particulière à certains verbes impersonnels

4.. LE VERBE

Exercice 5 : analysez le mode dans les formes suivantes :

1.	chanter	1er groupe	ind.
2.	vendre	3e groupe	ind.
3.	venir	3e groupe	subj.
4.	luisir (luire)	3e groupe	ind.
5.	vendre	3e groupe	subj.
6.	dire	3e groupe	subj.
7.	conoistre	3e groupe	ind.
8.	boivre (boire)	3e groupe	subj.
9.	penser	1er groupe	subj.
10.	cuidier	1er groupe	ind.
11.	croire	3e groupe	ind.
12.	doner	1er groupe	subj.
13.	fuire	3e groupe	subj.
14.	venir	3e groupe	ind.

5. LA PHRASE COMPLEXE

Exercice 6 : identifiez les propositions subordonnées et soulignez la conjonction de subordination.

1. complétive – *que*
2. relative – *que*
3. temporelle – *einz que*

4. temporelle– *quant* ; relative – *qui*
5. comparative – *melz... que*
6. complétive – *que*
7. consécutive – *que*
8. relative – *cui*
9. complétive – *que* ; temporelle – *devant que* ; relative – *qui.*
10. complétive – *que* ; finale – *que*
11. hypothétique – *se*
12. concessive – *qui que*
13. causale – *que*
14. causale – *puis que*

BIBLIOGRAPHIE

1. Grammaires

BONNARD H., REGNIER A., *Petite grammaire de l'ancien français*, Magnard, Paris, 1989.

FOULET Lucien, *Petite syntaxe de l'ancien français*, Champion, Paris, 1930.

HASENOHR Geneviève, *Introduction à l'ancien français de Guy Raynaud de Lage*, Sedes, Paris, 1990.

MÉNARD Philippe, *Syntaxe de l'ancien français*, éd. Biere, Bordeaux, 1988 (3e édition).

MARTIN Robert, WILMET Marc, *Syntaxe du moyen français*, Sobodi, Bordeaux, 1980.

MOIGNET Gérard, *Grammaire de l'ancien français*, Klincksieck, Paris, 1984.

RAYNAUD DE LAGE Guy, *Introduction à l'ancien français*, Sedes, Paris, 1975 (12e édition).

2. Études

CERQUIGLINI Bernard, *La Parole médiévale*, éd. de Minuit, Paris, 1981.

MARCHELLO-NIZIA Christiane, *Dire le vrai : l'adverbe « si »*, Droz, Genève, 1985.

MARTIN Robert, *Pour une logique du sens*, PUF, Paris, 1983.

SOUTET Olivier, *La Syntaxe du français*, « Que sais-je ? », PUF, Paris, 1985.

SOUTET Olivier, *Études d'ancien et de moyen français*, PUF, Paris, 1992.

Dans la même collection

Domaine des **lettres** :

7. Jacques Gaillard, *Approche de la littérature latine*
9. Francis Claudon et Karen Haddad-Wotling, *Précis de littérature comparée*
10. Alain Vaillant, *La Poésie*
12. Bernard Valette, *Le Roman*
13. Magali Rouquier, *Vocabulaire d'ancien français*
14. Laurent Fourcaut, *Le Commentaire composé*
23. Jacques Popin, *Précis de grammaire fonctionnelle du français - 1. Morphosyntaxe*
24. Jacques Popin, *Précis de grammaire fonctionnelle du français - 2. Exercices et compléments*
25. Michèle Aquien, *La Versification appliquée aux textes*
28. Emmanuel Bury, *Le Classicisme*
29. Anne Sancier-Chateau, *Introduction à la langue du XVIIe siècle - t. 1 Vocabulaire*
30. Anne Sancier-Chateau, *Introduction à la langue du XVIIe siècle - t. 2 Syntaxe*
31. Georges Forestier, *Analyse des textes classiques*
38. Alain Pagès, *Émile Zola : bilan critique*
40. David Fontaine, *La Poétique*
42. Suzanne Saïd, *Approches de la mythologie grecque*
43. Claude Thomasset et Karin Ueltschi, *Pour lire l'ancien français*

N° de projet : 10016273 - (1) - 2,5 - (OSB - 80) - IC – Décembre 1993
Imprimé en France par Pollina, 85400 Luçon - n° 64343